考試分數大躍進
累積實力
百萬考生見證
應考秘訣

5

根據日本國際交流基金考試相關概要

絕對合格！
關鍵字

日檢 高得分 秘笈

MP3

類 語
單 字
N5

吉松由美、田中陽子、西村惠子、山田社日檢題庫小組・著

U0080093

山田社

前言

はじめに
preface

日檢絕對合格秘密武器就在這！
關鍵字分類密技，N5 上千字馬上輕鬆入手，
讓您快速累積功力，
單字、文法、閱讀、聽力，四大技能全面提升。
趕快搭上這班合格直達列車，成為日檢得分高手！

　　關鍵字是什麼？關鍵字是龐大資訊的濃縮精華，是長篇大論中的重點、靈魂。藉由關鍵字，我們可以化複雜為簡單，節省大量時間，集中火力來提高專注力，並達到長久且深入的記憶成效。而經由此方式輸入的記憶，一旦碰到名為關鍵字的鑰匙，便能刺激大腦運作，產生敏感的直覺反應，由點到線、由字到文句一一串聯，瞬間點開龐大的記憶連結網，打開一連串記憶的篇章。

　　在面對大量單字時，只要抓對關鍵字，將容易聯想在一起的類義語綁在一塊。往後只須藉由關鍵字輕輕一點，便能經由聯想叫出整個檔案。腦袋不再當機，再多的詞彙都能納入您的專屬字庫。

本書精華：

▲超齊全必考詞彙，高效率掌握考試重點！
▲聯想記憶法，抓住同類詞語過目不忘！
▲將單字分類，讓您活用零碎時間，零壓力充實記憶體！
▲生活例句，立即應用在生活中，和日本人聊天對答如流！
▲聽標準日文發音，提升語感，聽力測驗信心滿滿！

　　上千單字總是背到半途而廢？明明花了很多時間卻總是看過就忘嗎？想要破解單字書無限輪迴的魔咒，並快速累積實力就靠這一本！本書由經驗豐富的日檢老師精心撰寫高質量的內容，單字搭配例句，再加上聰明的關鍵字學習方法，幫您濃縮學習時間、提高學習成效。學習新單字就是這麼簡單！

本書五大特色：

★ **整理 N5 關鍵字類語，同類用語一次到位！**

　　本書將 N5 單字依照類義語分門別類，打造最充實的日本語字庫。不只能幫讀者輕易掌握單字用法，還能透過聯想串聯記憶，讓您在茫茫辭海中，

將相關詞語一網打盡。同時本書也針對日檢單字第二、三大題的考法，題型包含從四個選項中選出與題目同義的詞彙，以及從相似單字中選出符合句意的選項。只要有了它，相似詞語不再混淆，同類詞彙更是替換自如，面對考題就像打開記憶的抽屜般自由活用，N5 單字量大躍進！

★ 由關鍵字查詢，讓您搜尋一字，整組複習！

書中將所有關鍵字以 50 音排序，不但可以在想不起單字時快速查詢，且一查便能找到整組相似詞語。超貼心排序法，讓讀者忘一個字，整套一併複習，反覆閱讀加深記憶！另外在閱讀文章時看到不會的單字時，也能透過本書的關鍵字查詢來觸類旁通，學到更多類語詞彙的表達方式！

★由豐富例句深入理解詞意，大量閱讀打造堅強實力！

每個 N5 單字旁皆附上超生活化的實用例句，在透過例句理解單字用法的同時，還能一併訓練閱讀、文法及口說應用，再藉由例句加深記憶力。可謂日檢通關技能一次提升！此外，經過本書的類語分類，讀者也能比較相似用法，抑或是透過替換類語來舉一反三、交叉練習。為日語打下雄厚根基，怎麼考都不怕！

★書後 50 音索引，查單字就是要精準、快速！

光有目錄還不夠，書末再將所有 N5 單字以 50 音順序排列，考題做到不會的單字時只要隨手一查，本書便立即化身辭典來答題解惑。且本系列單字書全按照日檢級數編排出版，因此讀者可選擇自己適合的難度，縮小範圍準確查詢。

★跟日籍老師說標準日語，口說、聽力都不是問題！

日籍老師親自配音單字、例句，帶領讀者學習最道地的標準日文。只要反覆聆聽熟悉日文頻率，面對聽力測驗便能不再緊張。而且由聲音記住單字的學習法，單字輕鬆攻略自不必說，就連句子也在不知不覺中自然烙印腦海。讓讀者從此滿懷自信，自然說出正確日語！

不論您是自學日語、考生、還是正準備迎向下一個自我挑戰，本書將會是最堅強的後盾。替您把握重點，並藉由對的方法，輕鬆消化紮實內容，讓您宛如站在巨人的肩膀上。迎戰日檢，絕對合格！

目錄 もくじ content

類語
單字

N5

あう／会う　見面

【会う】
遇見；碰見；會見；見面；遭遇；碰上
★今晩いつもの公園で会おう／今晩在
老地方的公園碰面吧！

【頂きます】
我開動了★いただきます。これは、おい
しいですね／那我就不客氣了。這個真
好吃呀！

【いらっしゃい】
你來了★君こちらへいらっしゃい／請
您到這邊來。

【いらっしゃいませ】
歡迎光臨；您來了（表示歡迎，為店家的
招呼用語）★いらっしゃいませ、何名様
ですか／歡迎光臨，您有幾位？

【おはようございます】
早安★皆さん、おはようございます！よ
く寝ましたか／大家早安！睡得好嗎？

【こちらこそ】
彼此彼此★こちらこそよろしく／也請您
多指教。

【御免ください】
有人在家嗎；我能進來嗎★ごめんくだ
さい、誰かいらっしゃいますか／抱歉！
有人在嗎？

【今日は】
你好，您好，您們好★こんにちは。どこ
かへ行くのですか／您好，您是要去哪
裡呢？

【今晩は】
晩上好，你好★こんばんは。今日は暑く
てたいへんでしたね／晩上好。今天天
氣熱，很不舒服吧？

【では、お元気で】
那麼，請多保重★さようなら。では、お
元気で／再見了！那麼請多保重！

【どうも】
很（表示感謝或歉意）★どうもすみませ
ん／實在很感謝。

【どうもありがとうございました】
謝謝★どうもありがとうございました／
謝謝，太感謝了。

【初めまして】
初次見面★はじめまして山田です／初
次見面，我是山田。

【呼ぶ】
招待，邀請★結婚式に友だちを呼ぶ／
婚禮邀請了朋友。

あう／合う　合適

【良い・良い】
合適，正好，好；恰當，適當；恰好，湊
巧★ちょうどいい時に来た／來得正是
時候。

【丁度】
正好，恰好★丁度同じ日に／正好在同
一天。

【丁度(ちょうど)】

整，正★今(いま)12時(じ)丁度(ちょうど)だ／現在正好12點。

【乗(の)る】

合拍，配合★リズムに乗(の)る／隨著節奏。

【マッチ】match

調和，適稱，相稱；般配，諧調★自分(じぶん)にマッチした服(ふく)を着(き)ている／穿搭適合自己風格的衣服。

あける／開ける	打開

【開(あ)く】

開，打開★風(かぜ)で窓(まど)が開(あ)いた／窗戶被風吹開了。

【開(あ)ける】

開，打開；推開，拉開★ワインを開(あ)けてすぐに飲(の)まないでください／打開紅酒請不要馬上喝。

【鍵(かぎ)】

鑰匙★部屋(へや)を鍵(かぎ)であける／用鑰匙打開房間。

【掛(か)ける】

開動（機器等）★エンジンを掛(か)ける／啟動引擎。

【差(さ)す】

打，撐，舉，撐開傘等★雨(あめ)が降(ふ)っているので、傘(かさ)をさして行(い)きましょう／因為下著雨，撐傘去吧！

【点(つ)ける】

打開★テレビをつけてニュースを見(み)る／打開電視看新聞。

【広(ひろ)い】

放開的★広(ひろ)い視界(しかい)を持(も)つ／擁有開闊的眼界。

● Track-002

あげる／上げる	起，揚起

【上(あ)げる】

舉，抬，揚；懸；起，舉起，抬起，揚起，懸起★手(て)を上(あ)げる／抬起手來。

【エレベーター】elevator

電梯，升降機★エレベーターは階段(かいだん)の近(ちか)くにあります／電梯在樓梯附近。

【起(お)きる】

起床；不睡★朝(あさ)7時(じ)に起(お)きる／早上7點起床。

【階(かい)】

階，階梯★階(かい)を上(あ)がる／爬到上一階。

【階段(かいだん)】

樓梯，階梯★エレベーターがないので階段(かいだん)を登(のぼ)りました／由於沒有電梯，只好爬樓梯上樓。

【差(さ)す】

上漲，浸潤★水(みず)が二階(にかい)まで差(さ)す／水淹到二樓。

【立(た)つ】

冒，升，起★煙(けむり)が立(た)つ／冒烟。

【段段】だんだん

樓梯；出入口的石階，台階★石の段段を上る／爬上石階。

【荷物】にもつ

貨物，行李★荷物は机の下に置いてください／行李請放置於桌下。

【登る】のぼ

上，登；攀登；（溫度）上升★山に登る／爬山。

【乗る】の

登，上★屋上に乗る／爬上屋頂。

あそぶ／遊ぶ	遊玩

【遊ぶ】あそ

玩耍，遊戲；消遣；遊歷；遊蕩★男の子が五人、公園で遊んでいます／五個男孩子在公園玩耍。

【切る】き

洗牌★トランプをよく切って配る／充分洗好牌後發牌。

【公園】こうえん

公園★公園にいろいろな鳥が遊びに来ます／許多鳥兒飛來公園嬉戲玩耍。

【暇】ひま

閒散★みなさんは仕事中の暇な時間、何をしていますか／大家在工作中的空閒時間，都做些什麼事呢？

【マッチ】match

比賽，競賽★タイトルマッチが行われます／舉辦錦標賽。

【目】め

（網、紡織品、棋盤等的）眼，孔；格，格子★碁盤の目／棋盤格。

あたえる／与える	給予

【上げる】あ

給，送給★花を上げる／贈送花朵。

【言う】い

叫作★人は彼女を天使という／人們稱她為天使。

【売る】う

賣，銷售；揚名★三つ300円で売る／三個以三百圓販售。

【お金】かね

錢，貨幣★お金を払う／支付金錢。

【返す】かえ

報答；回答；回敬★恩を返す／報恩。

【貸す】か

借給，借出，出借；貸給，貸出★金を貸す／借錢。

【切手】きって

商品券★千円の商品切手／千圓的商品券。

【出す】だ

出（錢）；供給；花費；供給（物品）；供應（人力、物品）；發（獎金）★奨学金を

出^だす／提供獎學金。

【出^でる】
賣出，銷出★よく出^でる漫画^{まんが}／暢銷漫畫。

【名前^{なまえ}】
（給事物取的）名，名字★犬^{いぬ}に名前^{なまえ}をつける／給狗狗取名字。

【やる】
給予★弟^{おとうと}に自転車^{じてんしゃ}をやる／買腳踏車給弟弟。

【渡^{わた}す】
交，付；給，交給；交付★金^{かね}を渡^{わた}す／付款。

● Track-003

あたたかい／暖かい	溫暖的

【暖^{あたた}かい】
氣溫暖和；東西的溫度暖和；充滿溫暖★南^{みなみ}の風^{かぜ}は暖^{あたた}かい。北^{きた}の風^{かぜ}は冷^{つめ}たい／南風溫暖，北風寒冷。

【暑^{あつ}い】
熱的★日本^{にほん}の夏^{なつ}は台湾^{タイワン}と同^{おな}じぐらい暑^{あつ}いです／日本的夏天和台灣一樣熱。

【ストーブ】stove
爐子，火爐，暖爐★少^{すこ}し寒^{さむ}いので、もうストーブをつけました／因為有些冷，已經把暖爐點燃了。

【電気^{でんき}】
電燈★わたしはいつも電気^{でんき}を消^けして、寝^ねます／我總是關燈睡覺。

【夏^{なつ}】
夏，夏天，夏季★この森^{もり}は夏^{なつ}でも涼^{すず}しい／這座森林在夏天也非常涼爽。

【春^{はる}】
春，春天★もう春^{はる}ですね。だんだん暖^{あたた}かくなりますね／已經春天了呢！會漸漸暖和起來吧。

【風呂^{ふろ}】
洗澡用熱水★檜風呂^{ひのきぶろ}が熱^{あつ}い／檜木浴缸裡的洗澡水很熱。

【マッチ】match
火柴，洋火★マッチで火^ひをつけてタバコを吸^すう／以火柴點菸抽。

あたらしい／新しい	新的

【青^{あお}い】
不成熟，幼稚★考^{かんが}えが青^{あお}いよ／思慮不成熟。

【新^{あたら}しい】
新的；新鮮的；時髦的，新式的★新^{あたら}しい野菜^{やさい}／新鮮蔬菜。

【春^{はる}】
新的一年，新春★元気^{げんき}に春^{はる}を迎^{むか}える／朝氣蓬勃地迎接新春。

【緑^{みどり}】
樹的嫩芽；松樹的嫩葉★美^{うつく}しい緑^{みどり}の季節^{きせつ}がやってきた／美好的翠綠季節到來了。

【若い】わか
年輕★若い時は旅行が好きでした／年輕時喜歡旅行。

あつまる／集まる 聚集

【アパート】apartmenthouse 之略
多戶一起分租的公共住宅★もう少し安いアパートもありますが、古いですよ／雖然有比較便宜的公寓，不過是老房子喔。

【一緒】いっしょ
一起★皆で一緒に考えながら勉強していきました／大家一起邊思考邊學習。

【等】など
等等，之類，什麼的★朝は料理や洗濯などで忙しいです／早上要做飯、洗衣等，真是忙碌。

【並ぶ】なら
排；排成（行列），列隊★駅の前には、小さな店が並んでいる／車站前有成排的小店。

【並べる】なら
排列；並排，橫排★玄関に靴を並べました／把鞋子擺在玄關了。

【成る】な
組成★この漫画は10巻から成る／這部漫畫由10卷組成。

【問題】もんだい
引人注目，受世人關注；應為大眾檢討、撻伐的問題★問題の人／受人關注的人。

あびる／浴びる 澆、淋浴

【浴びる】あ
澆；淋，浴；照，曬★スポーツのあとで、シャワーを浴びます／運動後沖了澡。

【被る】かぶ
澆，灌，沖★頭から水を被る／從頭頂上澆水。

【シャワー】shower
淋浴器；淋浴★シャワーを浴びる／淋浴。

【バス】bathroom 之略
（西式）浴室，洗澡間★1階にバスルームがある／一樓有西式浴室。

【風呂】ふろ
洗澡★熱い風呂が人気だ／許多人很愛洗熱水澡。

Track-004

あやまる／謝る 道歉

【御免なさい】ごめん
對不起；失禮了；請求原諒★ごめんなさい。私、好きな人がいるんです／對不起，我有喜歡的人了。

【失礼しました】しつれい
對不起；失禮，請原諒★失礼しました。この道は違いました／對不起，走錯路了。

【失礼します】しつれい

對不起：失禮，請原諒★夜遅くの電話
失礼します／抱歉，這麼晚還致電打擾。

【すみません】

對不起，抱歉★遅くなって、どうもすみ
ません／我遲到了，真是非常抱歉。

【すみません】

勞駕，對不起，謝謝★わざわざ來てい
ただいて、どうもすみません／特地來
此，真是勞駕您了。

【悪い】

不好意思，對不住★そこまで考えてい
なかった僕が悪かった／想得不夠仔細
是我不好。

| あらわす／表す | 表達、表露 |

【意味】

意思，意義★この言葉の意味を教えて
ください／請告訴我這個詞語的意思。

【意味】

意義，價值★楽しくなくちゃ意味がな
い／不快樂就沒意思了。

【色】

膚色；臉色；氣色；神色★色が黒い／
膚色是黑的。

【顔】

表情，面色，神色，樣子★疲れた顔を
している／面帶倦容。

【がる】

故作，裝出，逞★強がるな／別再逞強了。

【作文】

作文，（寫）文章，亦指其文章；空談闊
論★高橋さんは作文のテストで一番に
なりました／高橋同學勇奪作文考試的
第一名。

【外】

表面（相對於內心的）★感情を外に出さ
ない／感情不外露。

【つまらない】

沒有價值，不值錢★つまらないもので
すが、どうぞ召し上がってください／不
成敬意的東西，請您品嚐看看。

【出る】

出來；出現★月が出る／月亮升起。

【入る】

出現、產生裂紋等★ガラスにひびが入
る／玻璃起了裂痕。

【働く】

起作用★薬が働く／藥物起了作用。

【不味い】

醜，難看★不味い顔／面貌長得醜。

【目】

外表，外觀★見た目が悪い／外表不好。

| ある | 有，在 |

【余り】

剩下的數，餘數（名）★8を3で割ると
余りは2／8除以3餘數是2。

【余り】

剰餘，餘剩，剩下，剩餘的物品★カレーの余りを冷蔵庫に入れる／把剩餘的咖哩放入冰箱。

【在る】
在，位於；處於…（地位，環境）★学校は東京にある／學校位於東京。

【何時も】
日常，平日，往常（名）★何時もより速く歩く／走得比平常還快。

【色】
景象，情景，樣子，狀態★秋の色が深まった／秋色已深。

【声】
跡象★正月の声を聞く／年關將近。

【白い】
空白★白い紙に貼る／往空白紙上貼。

【大抵】
一般，普通，容易★日曜日はたいてい昼まで寝ている／星期天通常睡到中午。

【沢山】
充分★子どもは一人でたくさんだ／有一個孩子就足夠了。

【中】
正在…，正在…中★食事中は席を立たない／吃飯中不要站起來。

【中】
中，中間；中央，當中★卵を中に挟む／把蛋夾在中間。

【入る】
在內，歸入，有，含有（包括在其範圍內）

★予定に入っている／包含在預定的範圍內。

【暇】
時間，工夫★暇のかかる仕事／耗時的工作。

【暇】
閒空，餘暇，閒工夫★日曜日は暇です／我星期日有空。

【方】
方面（同時存在的眾多事物中的某一方，某一邊）★悪いのはお前の方だ／不對的是你。

【持つ】
抱有，懷有★大きな夢を持つ／胸懷遠大夢想。

【物】
物，東西，物品（物質）；事物，事情；…的★辛いものが大好きです／我最喜歡吃辣。

【物】
…的，所有物★こうして、僕は彼女のものになった／就這樣，我成了她的東西。

【ゆっくり】
充裕，充分，有餘地★今からゆっくり行っても電車に間に合う／現在慢慢前往的話，也完全來得及搭電車。

🔊 Track-005

あるく／歩く　　走、步行

【足】

脚步；步行★足が速い／腳程很快。

【歩く】
<ruby>歩<rt>ある</rt></ruby>

走；步行★夜の道を一人で歩くのは嫌です／我不喜歡獨自一人走夜路。

【行く・行く】
<ruby>行<rt>い</rt></ruby>・<ruby>行<rt>ゆ</rt></ruby>

步行，行走；走過，經過★まっすぐ行く／一直走。

【散歩】
<ruby>散歩<rt>さんぽ</rt></ruby>

散步，隨便走走★今朝は山下さんと公園を散歩しました／我今天早上和山下先生去了公園散步。

【飛ぶ】
<ruby>飛<rt>と</rt></ruby>

趕快跑，快跑，飛跑★事故現場に飛ぶ／飛奔到事故的現場。

【走る】
<ruby>走<rt>はし</rt></ruby>

跑；逃走，逃跑★一生懸命に走る／拼命地跑。

いう／言う　說

【言う】
<ruby>言<rt>い</rt></ruby>

說出話語，發出聲音★わあと言って泣き出した／哇地叫了一聲，就哭了起來。

【言う】
<ruby>言<rt>い</rt></ruby>

說，講，道出思想、事實等★木村さんは、明日パーティーで歌を歌うと言っています／聽木村先生說明天他將在晚會上高歌一曲。

【大きい】
<ruby>大<rt>おお</rt></ruby>

誇大★事を大きく言う／誇大其詞。

【口】
<ruby>口<rt>くち</rt></ruby>

說話，言語★口が悪い／嘴巴很毒。

【暗い】
<ruby>暗<rt>くら</rt></ruby>

沉重的（聲音）★暗い声で言う／用沉重的語調說話。

【声】
<ruby>声<rt>こえ</rt></ruby>

語言，話★神の声／神明之聲音。

【言葉】
<ruby>言葉<rt>ことば</rt></ruby>

描述的方式；詞語的用法★話し言葉／口語。

【締める】
<ruby>締<rt>し</rt></ruby>

嚴責，教訓★勉強しない学生を締める／教訓不用功讀書的學生。

【上手】
<ruby>上手<rt>じょうず</rt></ruby>

善於奉承，會說話★お上手を言う／善於奉承。

【その】

那個嘛★まあ、その、あれですが／哎呀！那個嘛，是那樣的。

【それ】

嗨，喂，瞧★それ、いくぞ／嗨！走了啦！

【それから】

請談下去，往下講；後來又怎樣★それから、どうなったの／後來怎麼樣了？

【それで】

那麼，後來（催促對方繼續說下去的用語）★それで、どうなったんですか／後來怎麼樣了？

【高い】
<ruby>高<rt>たか</rt></ruby>

聲音大★電話の女性は声が高い／電話裡的女性聲音很高。

【一寸】
<ruby>一<rt>ちょっ</rt></ruby><ruby>寸<rt>と</rt></ruby>

喂★ちょっと、お<ruby>客<rt>きゃく</rt></ruby>さん／喂，這位客人！

【飛ぶ】
<ruby>飛<rt>と</rt></ruby>ぶ

傳播，傳開★デマが<ruby>飛<rt>と</rt></ruby>ぶ／謠言傳開。

【鳴く】
<ruby>鳴<rt>な</rt></ruby>く

啼，鳴叫★<ruby>山<rt>やま</rt></ruby>では、たくさんの<ruby>鳥<rt>とり</rt></ruby>が<ruby>鳴<rt>な</rt></ruby>いていました／那時山裡有許多小鳥在鳴叫著。

【並べる】
<ruby>並<rt>なら</rt></ruby>べる

一個接一個提出，擺，列舉，羅列★<ruby>悪<rt>わる</rt></ruby>いことをたくさん<ruby>並<rt>なら</rt></ruby>べる／一一列舉了許多壞事。

【低い】
<ruby>低<rt>ひく</rt></ruby>い

（聲音）低，小★<ruby>低<rt>ひく</rt></ruby>い<ruby>声<rt>こえ</rt></ruby>でかっこよく<ruby>歌<rt>うた</rt></ruby>いたい／希望能低聲帥氣唱歌。

【太い】
<ruby>太<rt>ふと</rt></ruby>い

（聲音）粗★<ruby>太<rt>ふと</rt></ruby>い<ruby>声<rt>こえ</rt></ruby>を<ruby>話<rt>はな</rt></ruby>す／用粗嗓音說話。

【細い】
<ruby>細<rt>ほそ</rt></ruby>い

微細，低小（聲音高、但不響亮）★<ruby>声<rt>こえ</rt></ruby>が<ruby>細<rt>ほそ</rt></ruby>いのが<ruby>嫌<rt>いや</rt></ruby>、<ruby>太<rt>ふと</rt></ruby>い<ruby>声<rt>こえ</rt></ruby>を<ruby>出<rt>だ</rt></ruby>したい／不喜歡聲音微細，希望能發出響亮有勁的聲音。

【申す】
<ruby>申<rt>もう</rt></ruby>す

說；講，告訴，叫做★はじめまして。<ruby>山田<rt>やまだ</rt></ruby>と<ruby>申<rt>もう</rt></ruby>します／幸會，敝姓山田。

【もしもし】

喂（用於叫住對方）；喂（用於電話中）★もしもし、<ruby>携帯<rt>けいたい</rt></ruby>が<ruby>落<rt>お</rt></ruby>ちましたよ／喂！你的手機掉了。

【問題】
<ruby>問題<rt>もんだい</rt></ruby>

問題，事項；需要處理（研究，討論，解決）的事項（問題）★<ruby>問題<rt>もんだい</rt></ruby>にする／作為問題。

【呼ぶ】
<ruby>呼<rt>よ</rt></ruby>ぶ

招呼，呼喚，呼喊；叫來，喚來★タクシーを<ruby>呼<rt>よ</rt></ruby>びましょうか／招輛計程車吧。

【読む】
<ruby>読<rt>よ</rt></ruby>む

念，讀；誦，朗讀★<ruby>朝<rt>あさ</rt></ruby><ruby>起<rt>お</rt></ruby>きて、<ruby>新聞<rt>しんぶん</rt></ruby>を<ruby>読<rt>よ</rt></ruby>みます／我早上起床後會看報紙。

● Track-006

いきる／生きる	生存、生氣

【木】
<ruby>木<rt>き</rt></ruby>

樹，樹木★この<ruby>椅子<rt>いす</rt></ruby>は<ruby>木<rt>き</rt></ruby>で<ruby>作<rt>つく</rt></ruby>りました／這支椅子是用木頭製成的。

【元気】
<ruby>元気<rt>げんき</rt></ruby>

精神，精力（充沛），朝氣，銳氣★<ruby>元気<rt>げんき</rt></ruby>な<ruby>男<rt>おとこ</rt></ruby>の<ruby>子<rt>こ</rt></ruby>がほしい／我想要有個健康活潑的男孩。

【台所】
<ruby>台所<rt>だいどころ</rt></ruby>

經濟狀況，錢款籌畫，生計，家計★この<ruby>家<rt>いえ</rt></ruby>の<ruby>台所<rt>だいどころ</rt></ruby>は<ruby>火<rt>ひ</rt></ruby>の<ruby>車<rt>くるま</rt></ruby>だ／這個家經濟狀況極其窘迫。

【食べる】
<ruby>食<rt>た</rt></ruby>べる

生活★アルバイトで<ruby>食<rt>た</rt></ruby>べる／打工過日子。

【動物】
<ruby>動物<rt>どうぶつ</rt></ruby>

動物，獸★<ruby>犬<rt>いぬ</rt></ruby>や<ruby>猫<rt>ねこ</rt></ruby>などの<ruby>小<rt>ちい</rt></ruby>さい<ruby>動物<rt>どうぶつ</rt></ruby>が<ruby>好<rt>す</rt></ruby>きです／我喜歡狗呀貓之類的小動物。

【年】
<ruby>年<rt>とし</rt></ruby>

歲；年齡★<ruby>年<rt>とし</rt></ruby>を<ruby>取<rt>と</rt></ruby>ったら、<ruby>田舎<rt>いなか</rt></ruby>に<ruby>住<rt>す</rt></ruby>みた

いです／等年紀大了，想住在鄉下。

【入る】
精力充沛★力が入る／用力使上勁。

【人】
人★君は僕の運命の人だ／你我兩人是天定良緣。

【若い】
血氣方剛、朝氣蓬勃的樣子★気持ちが若い／（老了）心還年輕。

【渡る】
渡世，過日子★世の中を上手に渡る／善於過日子，吃得開。

いく／行く	前往

【行く・行く】
去、走向某處；到…去★日本へ行く／赴日。

【立つ】
離開；退★アメリカを立つ／離開美國。

【出掛ける】
出去，出門，走，到…去★出かけますか？家にいますか／你想出門嗎？還是要待在家裡呢？

【出る】
走出，畢業★大学を出る／大學畢業。

【やる】
使…去，讓…去；打發；派遣★たばこを買いに子どもをやる／叫小孩去買香菸。

【旅行】
旅行，旅遊，遊歷★インドやタイなど、東南アジアの国を旅行したいです／我想去印度或泰國之類東南亞國家旅行。

【渡る】
遷徙★夏の鳥が春に渡って来た／夏天的鳥兒在春天遷徙過來。

● Track-007

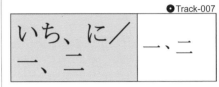

いち、に／一、二	一、二

【一】
一（數字）；第一，首先，頭一個★日本語の勉強を一から始めました／我是從最基礎的五十音開始學習日文的。

【五つ】
第五；五個，五歲★五つで一セットです／這是五個一組。

【掛ける】
乘法★10に5を掛ける／10乘以5。

【九・九】
九，九個；第九★9から3を引く／九減掉三。

【五】
五★卵を5個ください／請給我五顆雞蛋。

【九つ】
九個，九歲★九つになる／九歲了。

【三】
三（數字）★今朝、パンを3枚食べまし

た／我今天早上吃了三塊麵包。

【四^し】

四（數字）；四個★学校は四月から始まります／學期從四月開始。

【七^{しち}】

七（數字）★いつも7時ごろまで仕事をします／平常總是工作到7點左右。

【締^しめる】

合計；結算★毎月の出費を締める／結算每個月的開銷。

【十^{じゅう}】

十歳★おじいちゃんはもう80歳ですが、毎日とても元気です／爺爺雖然已經高齡八十，但是每天都活力充沛。

【十^{じゅう}】

（數字）十，十個★1から10まで言う／從一唸到十。

【ゼロ】zero

零（數學）；零分（體育）★電話番号は03-1234-5678です／電話號碼是03-1234-5678。

【千^{せん}】

千，100的10倍★千に一つ／千中之一。

【十^{とお}】

十，十個★お皿が十ある／有十個盤子。

【十^{とお}】

十歳★息子は十になった／兒子十歳了。

【七^{なな}】

七，七個，第七★こんにちは。ゆきえです。7歳です／大家好，我叫雪繪，今

年7歳。

【七^{なな}つ】

七，七個；七歳★パンを七つも食べた／我一連吃了七塊麵包。

【二^に】

二，兩個★本が二冊あります。ノートも二冊あります／這裡有兩本書，還有兩本筆記本。

【二十歳^{はたち}】

二十歳★今年二十歳になる／今年滿二十歳。

【八^{はち}】

八★それは八人の勇士の物語だ／那是一個有關八位勇士的故事。

【引^ひく】

減去，削減，扣除；減價★10から5を引く／10減去5。

【一^{ひと}つ】

第一；一項★これは団子ですね。一つくださいませんか／這是糯米湯圓吧，可以給我一顆嗎？

【百^{ひゃく}】

百，一百★百まで生きる／可以活到百歳。

【二^{ふた}つ】

兩個；兩歳★消しゴムを二つ、買いました／買了兩個橡皮擦。

【二^{ふた}つ】

第二，二則★二つを比べて考える／把

両者放在一起比較、思考。

【万】（まん）

（數量）万★このホテルは一泊で一万円だ／這家旅館的住宿費是每晚一萬日圓。

【三つ】（みっ）

三個；三歳★このメロンは三つで500円だ／這種哈密瓜三顆 500 圓。

【六つ】（むっ）

六，六個；六歳★六つ上の兄／比我大六歳的哥哥。

【八つ】（やっ）

八，八個；八歳★八つの子／八歳的小孩。

【四つ】（よっ）

四，四個；四歳★その怪物には四つの顔があった／那個怪物有四張臉。

【四】（よん）

四（數字）★4を押す／按下四。

【零】（れい）

零（數字）★試合は 3 対 0 で勝った／比賽以 3 比 0 獲勝了。

【六】（ろく）

六，六個★明日の朝、6 時に起きますから、もう寝ます／明天早上 6 點要起床，所以我要睡了。

🔴Track-008

いちにち／一日　一天

【明後日】（あさって）

【後天】★明後日は娘の誕生日だ／後天是女兒的生日。

【明日】（あした）

明天★明日は日曜日です／明天是星期天。

【一日】（いちにち）

終日，一整天★一日中忙しかった／忙了一整天。

【今】（いま）

現在，當前，目前，此刻★今何時ですか／現在幾點？

【今日】（きょう）

今天，今日，本日★今日は父の誕生日です／今天是爸爸的生日。

【午後】（ごご）

午後，下午，下半天，後半天★今日の仕事は午後 7 時に終わりました／今天的工作已在晚上 7 點完成了。

【午前】（ごぜん）

上午，中午前★午前中は雨でしたが、午後から晴れました／雖然早上下了雨，但下午放晴了。

【今晩】（こんばん）

今宵，今晚，今天晚上，今夜★今晩 6 時から家でパーティーをします／今晚 6 點將在家裡開派對。

【晩】（ばん）

晚，晚上；傍晚，日暮，黃昏★朝から晩まで一日中頑張る／從早到晚終日拼命苦幹。

【昼】（ひる）

白天，白晝；中午，正午★夏は昼が長い／夏天白天很長。

【毎朝】

每天早晨（早上）★毎朝コーヒーを飲む／我每天早上都會喝咖啡。

【毎日】

每天，每日，天天★毎日ジョギングをすると、健康になる／每天慢跑可常保健康。

【毎晩】

每晚，每天晚上★毎晩帰りが遅い／每晚晚歸。

【夕方】

傍晚，黃昏★夕方、この山から見る景色は最高だ／傍晚從這座山上欣賞的景象真是絕美。

【夕べ】

昨晚，昨夜★夕べは早く寝た／昨晚很早就睡了。

【夕べ】

傍晚★夕べの海でお酒を飲みたい／我想在傍晚的海邊喝酒。

【夜】

夜，夜間★静かな夜がいい／我喜歡寧靜的夜晚。

いる／居る	在

【アパート】apartmenthouse 之略

公寓形式的住家★佐藤さんのアパートは広いです／佐藤小姐的公寓好寬敞。

【家】

（自）家，自宅，自己的家★家の中が一番です／在自己的家最棒了。

【椅子】

椅子；凳子；小凳子★この椅子にかけてください／請坐在這張椅子上。

【居る】

（人或動物的存在）有，在；居住在★教室に学生が 30 人いる／教室裡有三十名學生。

【家】

自家，自己的家裡★家へ帰る／回家。

【起きる】

起，起來，立起來；坐起來★起きて食べなさい／坐起來吃吧。

【住む】

居住，住；棲息，生存★私は大阪に住んでいます／我住在大阪。

【座る】

坐；跪坐★パーティーの時、私は山下さんの隣に座りました／那天的派對中，我坐在山下先生的隔壁。

【部屋】

房間，屋子，…室，…間★金さんの部屋にはドアが三つもある／金先生的房間竟有三扇門。

●Track-009

いれる／入れる	放入、進入

【入り口】

門口，入口，進口★駅の入り口／車站的入口。

【入れる】

裝進，放入；送進★かばんに財布を入れる／把錢包放入皮包。

【花瓶】

花瓶★机の上にきれいな花瓶があります／桌上有只漂亮的花瓶。

【財布】

錢包，錢袋；腰包★財布の中にお金がありません／錢包裡面沒有錢。

【下】

裡邊，內，裡★上着の下にシャツを着る／上衣裡面穿襯衫。

【中】

裡邊，內部★部屋の中に入る／進入房間裡面。

【箱】

箱子；盒子；匣子★その人形は木の箱に入っていた／那個人偶是放在木箱裡的。

【ポケット】pocket

口袋，衣袋，衣兜，兜兒，兜子★この服はポケットがたくさんあるので便利だ／這件衣服上面縫了很多個口袋，要置放物品時非常方便。

【本棚】

書架★本棚に本が7冊ある／書架上有七本書。

【青い】

青；藍；綠★青い空が綺麗です／藍天很美。

【赤い】

紅★赤い花が咲きました／紅色的花綻放了。

【明るい】

顏色鮮豔的★私は明るい黄色が好きです／我喜歡鮮豔的黃色。

【色】

色，顏色，彩色★どんな色のハンカチがいいですか／請問你喜歡哪種顏色的手帕呢？

【薄い】

（味、色、光、影等）淡的，淡色的，淺色的★色が薄い／顏色很淺。

【黄色い】

黃色★秋は木の葉が黄色くなります／秋天，樹葉轉黃。

【暗い】

發黑，發暗，深色★暗い青色／深藍色。

【黒い】

黑色，黑；曬成的黑色★黒いセーターを着た女の子を見ましたか／你看到一位身穿黑色毛衣的女孩了嗎？

【白い】

白色★コーヒーに白い砂糖を入れました／在咖啡裡面摻入了白砂糖。

【茶色】

茶色；略帶黑色的紅黃色，褐色★寝る前に茶色の薬をひとつ飲んでください／咖啡色的藥請在睡前服用一粒。

【緑】

綠色，翠綠★緑のカーテンが好きです／我喜歡綠色的窗簾。

【雪】

雪白，潔白★雪のように白い肌／像雪一樣的肌膚。

うける／受ける	承擔、得到、接受

【浴びる】

受，蒙，遭★厳しい言葉を浴びる／遭到嚴詞抨擊。

【買う】

招致★人の恨みを買う／招人怨恨。

【買う】

買，購買★デパートへプレゼントを買いに行きます／我要去百貨公司買禮物。

【被る】

蒙受，遭受；承擔★人の罪を被る／替別人承擔罪責。

【借りる】

借；借助；租（借）★人の手を借りる／借助他人的幫忙。

【持つ】

負擔；擔負，承擔★責任を持つ／負起責任。

【良い・良い】

對；行，可以；夠了★酒はもういい／酒已經喝夠了。

【入れる】

承認，認可；聽從，采納，容納★人の意見を入れない／不採納他人的意見。

【買い物】

買東西；要買的東西；買到的東西★買い物がたくさんある／有許多東西要買。

【聞く】

聽從；答應★おばあちゃんの頼みを聞く／應允祖母拜託的事。

【着る】

承受，承擔，擔承★恩にきる／承受恩情。

【飲む】

（無可奈何地）接受★彼女の要求を飲む／接受她的要求。

【ポスト】post

郵筒，信筒，信箱★コンビニの前にポストがある／在便利商店的前面有座郵筒。

●Track-010

うごく／動く	動

【静か】

靜止，不動★海が静かになった／海上恢復風平浪靜。

【中】

中，當中★雪{ゆき}の中{なか}を歩{ある}いて帰{かえ}る／冒着
雪走回來。

【ながら】

一邊…（一）邊…，一面…一面★日本語{にほんご}
の歌{うた}を歌{うた}いながら、お風呂{ふろ}に入{はい}っていま
す／邊唱日文歌邊泡澡。

【走{はし}る】

奔流★水{みず}が走{はし}る／水往前奔流。

【働{はたら}く】

活動★頭{あたま}が働{はたら}く／頭腦靈活運作。

【速{はや}い】

急速：動作迅速★仕事{しごと}が速{はや}い／工作速
度快。

【真{ま}っ直{す}ぐ】

直接，一直，照直；中途不繞道★まっ
すぐに家{いえ}に帰{かえ}る／直接回家。

【水{みず}】

洪水★水{みず}が出{で}る／發生洪水。

うたう／歌う	歌唱

【歌{うた}】

歌曲★子{こ}どもと一緒{いっしょ}に歌{うた}を歌{うた}う／和小
孩一起唱歌。

【歌{うた}う】

唱歌★大{おお}きな声{こえ}で歌{うた}いましょう／一起
大聲唱歌吧。

【歌{うた}う】

賦詩，詠歌，歌吟★桜{さくら}をうたった詩{し}／
詠櫻詩。

うつす	拍攝、放映

【映画{えいが}】

電影★山本{やまもと}さんは明{あか}るい映画{えいが}が好{す}きで
す／山本先生喜歡看輕鬆愉快的電影。

【映画館{えいがかん}】

電影院★駅前{えきまえ}に新{あたら}しい映画館{えいがかん}ができま
した／車站前開了家新的電影院。

【カメラ】camera

照相機；攝影機，攝相機★デパートで
新{あたら}しいカメラを買{か}いました／我在百貨
公司買了新相機。

【コピー】copy

影印，拷貝；抄本，謄本，副本★3ペー
ジまでコピーする／影印到第三頁。

【テレビ】television 之略

電視(機)★健太{けんたく}君{くん}はいつもテレビを見{み}
ながらご飯{はん}を食{た}べます／健太總是邊看
電視邊吃飯。

【撮{と}る】

攝影，攝像，照相，拍★カメラで写真{しゃしん}
を撮{と}る／用照相機拍照。

【フィルム】film

膠卷，膠片，底片（軟片）★フィルムを
使{つか}う／使用底片。

うむ／生む	生產

【生{う}まれる】

生，分娩★男{おとこ}の子{こ}が生{う}まれた／男孩誕
生了。

【お母さん】

媽媽，母親★松本さんのお母さんは料理が上手です／松本先生的母親的廚藝十分精湛。

【お腹】

肚子；胃腸★お腹が痛い／肚子痛。

【国】

家鄉，老家，故鄉★お盆は国の静岡へ帰る／盂蘭盆節時回静岡老家。

【子ども】

自己的兒女★子どもが生まれた／小孩出生了。

【出す】

冒出（芽等）★芽を出す／冒出新芽。

【卵】

動物卵的總稱★にわとりの卵／雞蛋。

【誕生日】

生日，生辰★今日は私の誕生日です／今天是我生日。

【作る】

生育；耕種；栽培；培養；培育★子どもを作る／生兒育女。

【出来る】

產，有★夫婦の間に子どもができた／夫妻倆有了孩子。

【出る】

露出，突出★おなかが出てきた／肚子跑出來了。

【母】

母，母親★母は日本へ留学したことがある／家母曾到日本留學。

【両親】

雙親，父母★私は東京に住んでいますが、両親は青森に住んでいます／雖然我目前住在東京，但我的父母住在青森。

おおい／多い	多的

【余り】

（不）很，（不）怎樣，（不）大★あまりおいしくない／不怎麼好吃。

【余り】

過分，過度★喜びの余りプールに飛び込みました／太高興了而跳入游泳池。

【幾つ】

很多★同じ箱はいくつもある／相同的箱子還有很多。

【幾ら】

無論怎麼…（也）★お金はいくらあっても困りません／錢不管有多少都不會感到為難。

【多い】

多的★ディズニーランドは人が多いです／迪士尼樂園人山人海。

【大勢】

大批（的人），眾多（的人），一群人★人が大勢いる／有很多人。

【重い】

分量重的★重い荷物／沉重的行李。

【結構】

足夠；充分★難しい話は、もう結構だ／艱澀的話題，已經夠了。

【過ぎ】

超過；…多★父はもう 50 過ぎだ／父親已年過 50 了。

【千】

數量多★数千人の客／顧客數千人。

【大変】

非常；很；太★仕事は大変面白いです／工作真的很有趣。

【沢山】

很多（數量）★日本語をたくさん話そう／多多開口說日語吧！

【達】

們，等，等等★子ども達と遊んだ／跟孩子們玩耍。

【多分】

大量，多★多分にある／有的是。

【一寸】

相當，頗★ちょっと有名になった／變得頗有名氣。

【とても】

非常，很，挺★とても明るい人／非常活潑開朗的人。

【長い】

長久的★長い夜／漫長的夜晚。

【百】

許多，好幾百★客は三百人もいる／顧客高達三百人。

【万】

數量多★十万を払う／支付十萬圓。

【もっと】

更，更加★もっとゆっくり話してください／請再說慢一點。

【山】

堆，一大堆，堆積如山★バナナの山を初めて見た／第一次看到堆積如山的香蕉。

【よく】

常常地；動不動就；頻率高★よく野球の試合を見に行く／經常去看棒球比賽。

おおきい／大きい	大的

【厚い】

厚的★厚い辞典／厚辭典。

【海】

大湖★余呉の海を見に行きたい／我想去看看余吳湖（位於日本長浜市，琵琶湖北方的湖泊）。

【海】

形容事物茫茫一片的樣子★火の海／茫茫一片火海。

【大きい】

（容積、面積、身高、聲音）大，巨大；多；（年紀大）年老★大きい家／大宅邸。

【大抵】

大抵，大都，大部分，差不多，大約，一

般★人気のある漫画は大抵読んだ／超人氣漫畫我幾乎都看過了。

【大変】
大事變，大事故，大變動★国家の大変／國家的大事故。

【長い】
長的，遠的★町の東に長い川があります／在村落的東邊有條長長的河流。

【広い】
寬闊★桜子さんの家の風呂はとても広い／櫻子小姐家裡的浴室非常寬敞。

【太い】
（外圍）粗；肥胖的★ラーメンは太い麺の方が好きだ／拉麵我比較喜歡吃粗麵。

【丸い・円い】
胖，豐滿★彼女は最近円くなった／她最近豐滿起來了。

【立派】
壯麗，宏偉，盛大；莊嚴，堂堂★立派なホテル／雄偉壯麗的飯店。

● Track-012

おきる／起きる	發生、立起

【起きる】
發生★悪いことが起きた／發生了壞事。

【差す】
發生，起★眠けがさす／感到睏頓。

【立つ】
立，站★みんなの前に立って、話しまし

た／站在大家的前面說話了。

【出来る】
形成，出現★にきびができる／長出痘痘。

【出来る】
發生★良くないことができた／發生了不好的事。

【始まる】
發生，引起★喧嘩は誰から始まった？／吵架是由誰引起的？

【問題】
問題，麻煩事★新しい問題が起きる／發生新的麻煩事。

【呼ぶ】
吸引，引起★人気を呼ぶ／廣受歡迎。

おく／置く	放置

【置く】
放，擱，置★あれ、かぎがないですね。どこに置いたんですか／咦，沒有鑰匙耶？放到哪裡去了呢？

【置く】
配置，設置；設立，設置★ビルに事務所を置く／大樓內部設置辦公室。

【並べる】
擺，陳列★テーブルに並べる／擺在桌上。

| おしえる／教える | 教授 |

【教える】
教授；教導★外国人に日本語を教える／教授外國人日語。

【学校】
學校★子どもたちに明るい学校を作りましょう／為孩子們打造一座充滿陽光的校園吧！

【教室】
培訓班★料理教室で納豆を作る／在料理教室製作納豆。

【教室】
教室，研究室★生徒は教室で勉強する／學生在教室上課。

【授業】
授課，教課，講課，上課★あの授業は、とても面白いです／那堂課非常有意思。

【先生】
教師，教員，老師；師傅★大学の先生になるのが彼女の夢だ／她的夢想是成為大學教授。

【話す】
說明，告訴★やり方はあとで話しましょう／作法等一下說明吧！

| おそい／遅い | 遲緩的 |

【遅い】
慢，遲緩，不快；趕不上；來不及，晚；過時；遲鈍★仕事が遅い／工作進度慢。

【静か】
輕輕，慢慢★静かに椅子を引く／輕輕地拉開椅子。

【段々】
漸漸★もう春ですね。これから、だんだん暖かくなりますね／已經春天了呢！今後會漸漸暖和起來吧。

【古い】
落後，老式，舊，陳舊，陳腐，過時★父は少し頭が古い／父親腦筋有些守舊頑固。

【ゆっくり】
慢慢，不著急，安安穩穩★もう一度ゆっくり言ってください／請慢慢地再講一次。

| おどろく／驚く | 驚訝 |

【ええ】
啊★ええ、人が死んだの／啊，有人死了嗎？

【しかし】
然而，可是★言いたかった。しかし言わなかった／很想說，但沒有說。

【でも】
但是，可是，不過★何度も聞いたが、でも一度も言わなかった／問過好幾次，但一次也沒說。

【どうして】

唉呀唉呀；豈止，豈料，意外，相反★どうして、こんなに人気なんだ／為什麼這麼受歡迎呢？

【どうも】

實在，真★どうも数学はむずかしい／數學實在很難。

【ながら】

雖然…但是卻…，儘管…卻…★知っていながら答えない／雖然知道，但無法回答。

【何・何】

什麼（表驚訝）★何、ほんとに行くのか／什麼，真要去嗎？

● Track-013

おなじ／同じ	相等

【一緒】

同様，一様★二人の考えは一緒だ／兩人的想法一致。

【同じ】

相同，一様，同様；相等，同等；同一個★同じ先生に習っている／跟同一位老師學習。

【ながら】

照舊，如故，一如原様★むかしながらのコロッケ／古早味的可樂餅。

【並ぶ】

比得上，倫比，匹敵★テニスでは彼に並ぶ人がいない／在網球上沒有人可以與他相抗衡。

【並べる】

比較★二人を並べてみるとすごく似ている／兩人站在一起比一比，真的很像。

【一つ】

相同；一様★二人の気持ちが一つになる／兩人的心情一様。

【又】

也，亦★今晩もまたカレーか／今晚又是咖哩飯嗎？

おもう／思う	思索、思考

【明るい】

有希望的★人類の未来が明るい／人類的未來是有希望的。

【頭】

頭腦★頭がいい／頭腦聰慧。

【意味】

意圖，動機，用意，含意★慰めの意味で贈る／以安慰之意餽贈。

【生まれる】

產生（某種想法）★ゴルフに興味が生まれる／對高爾夫產生興趣。

【買う】

器重★彼の努力を買う／對他的盡心竭力而給予器重。

【顔】

名譽；面子，臉面★顔にかかわる／攸

關面子問題。

【側】

方面；立場★生徒側に立った意見が多い／站在學生一方的意見為大多數。

【暗い】

黑暗，暗淡，沒有希望★世の中が暗い／世界很黑暗。

【声】

想法；意見；呼聲★読者の声を集める／收集讀者的意見。

【子ども】

幼稚★僕らはまだ子どもだよ／我們都還像小孩子一樣呢！

【する】

決定★朝食はパンにする／早飯決定吃麵包。

【大切】

心愛，珍惜；保重★おからだを大切に／保重身體。

【大切】

要緊，重要；貴重★これは私の大切な写真です／這是我珍藏的相片。

【大抵】

大概，多半★大抵の人が使っている／大多數的人都在使用。

【多分】

大概，或許★たぶん桜子さんは来ないでしょう／我猜，櫻子小姐應該不會來了吧。

【違う】

違背，相反，不一致；不符，不符合★話が違う／與原來說的不一致。

【天気】

心情★彼女はひどいお天気屋だ／她是一個非常情緒化的人。

【どうも】

總覺得，似乎，好像★どうも体の調子がよくない／總覺得身體狀況不太好。

【とても】

無論如何也…；怎麼也…★とても高校生には見えない／怎麼看也不像是高中生。

【引く】

引誘，吸引；招惹★目を引く看板／引人注目的招牌。

【左】

左派，左傾，急進★左に傾いた思想／左傾激進思想。

【未だ】

尚，還，未，仍★合格はまだ遠い。もっと勉強してください／你還得多多努力才會及格，請再勤加用功。

【待つ】

期待；盼望★首を長くして待つ／非常殷切地期待和盼望。

【磨く】

研磨；琢磨；推敲★女を磨く／內養外練，打造優雅高尚內外兼具的女性。

【右】

右傾★右寄りの考えを持つ／有右傾的思想。

【短い】
見識、目光等短淺★視野が短い／眼光狹隘。

【見る】
試試看★食べてみる／吃吃看。

【有名】
有名，著名，聞名★この店の餃子は有名だ／這家店的煎餃遠近馳名。

【若い】
幼稚；未成熟；不夠老練★考えが若い／想法幼稚。

●Track-014

| およぐ／泳ぐ | 游泳 |

【池】
池，池塘；水池，池子★池に魚がいます／池塘裡有魚。

【海】
海★海に泳ぎに行きましょう／一起去海邊游泳吧！

【泳ぐ】
游泳★昨日、プールで泳ぎました／昨天在泳池游了泳。

【川・河】
河川★おばあさんは川へ洗濯に行きました／奶奶去了河邊洗衣服。

【プール】pool
人造游泳池★山下さんはプールへ泳ぎに行った／山下小姐到泳池游泳了。

| おりる／降りる | 下來 |

【置く】
放下，留下；丟下，落下，拋棄★妻が手紙をおいて家を出ていきました／妻子留下一張紙條，就離家出走了。

【下りる】
下來；降落；排出；卸下；煩惱等沒了；降，下（指露、霜等打下）★木から下りる／從樹上下來。

【降りる】
（從上方）下，下來，降，降落；（從交通工具）下，下來★階段を降りる／下樓梯。

【寝る】
躺下；倒伏★床の上に寝る／躺在地上。

| おわる／終わる | 終了 |

【秋】
結束★人生の秋／人生的終點。

【上げる】
結束★仕事を上げる／工作結束。

【終わる】
完，完畢，結束，告終，終了★一日が終わる／一天結束。

【為る】
做好；完成★工事がなる／工程竣工。

【入る】
備好茶，茶已準備好★お茶が入る／茶沏好了。

かえる／ 変える	變更、改變 （形狀等）

【新しい】
從未有過的事物或狀態，改為新的★新しい考えが生まれる／產生了從未有過的新想法。

【円】
圓，圓（形），輪形的★鉛筆で円を描く／用鉛筆畫圓。

【切る】
轉，拐彎★ハンドルを切る／轉方向盤。

【する】
使某種狀態變化★川をきれいにする／把河川清理乾淨。

【為る】
變成★果物がジュースになる／水果變成果汁。

【辺】
數學上的邊★四辺形／四邊形。

【曲がる】
曲折；彎曲★道が曲がっている／道路曲折蜿蜒。

【真っ直ぐ】
筆直，平直，直線的，一點也不彎曲的★真っ直ぐな道を歩こう／走筆直的道路吧！

【丸い・円い】
圓的，圓滑；呈曲線，沒有稜角★丸い肩がほしい／好想有副壯碩厚實的圓肩。

かかる／ 係る、掛かる	關係、 花費、 搭架

【要る】
需要，必要★留学するのでお金がいります／因為要去留學，所以需要錢。

【薄い】
待人不好，冷淡；冷漠，淡漠；缺少情愛，關心，感動等的心情★情が薄い／薄情。

【掛かる】
花費；需要時間、費用、勞動力、體力等★この仕事は3年かかる／這項工作要花費3年的時間。

【する】
值…錢★このかばんは2千円する／這個皮包值2000圓。

【それで】
因此，因而，所以★名前が分からなくて、それで聞きました／因為不知道名字，所以詢問了一下。

【近い】
（關係）近；親近，親密，密切★一番近いお友達／關係最親密的朋友。

【使う】
花費；消費★金を使う／花錢。

【遠い】
遠，疏遠★遠い親戚／遠親。

【乗る】
上當，受騙★その話には乗らない／不會因那番話而上當。

【橋】
橋，橋梁，天橋★その橋は壊れている。渡ってはいけない／那座橋壞了，禁止通行。

【渡す】
架，搭★海に橋を渡す／在海上架橋。

● Track-015

| かく／書く、描く | 書寫 |

【絵】
畫，圖畫，繪畫；畫面★どのページにも、絵があります／不論哪一頁都有插圖。

【鉛筆】
鉛筆★鉛筆で一本一本線を引く／用鉛筆勾勒出一條一條的線來。

【書く】
記文字、記號或線條等；寫，畫；做文章或創作作品★名前の下にやりたいスポーツを書いてください／請把想要從事的運動寫在姓名的下方。

【描く】
畫，繪，描繪；描寫，描繪★万年筆で漫画を描く／用鋼筆畫漫畫。

【片仮名】
片假名★名前は片仮名で書いてください／名字請用片假名書寫。

【紙】
紙；字紙；報紙★きれいな紙で箱を作ります／用漂亮的紙做成盒子。

【漢字】
漢字★漢字で鼻ですか？花ですか／漢字寫成「鼻」嗎？還是「花」呢？

【机】
桌子；書桌，書案；辦公桌；寫字台；案★男の子は机で勉強をしています／男孩坐在桌前用功。

【作る】
創造，寫；做（詩歌，文章等）★40分で小説を作る／用40分的時間創作小說。

【手紙】
信，書信，函，尺牘，書札★手紙の返事を書きます／寫回信。

【ノート】notebook之略
筆記；備忘錄★大事なことをノートする／把重要事項記下來。

【葉書】
明信片★結婚したことをはがきで知らせた／用明信片通知結婚的訊息。

【引く】
畫（線）；描（眉）；製（圖）★頭のいい人は、本のどこに線を引いているのか／頭腦聰慧的人讀書，會在哪裡畫線呢？

【平仮名】
平仮名★平仮名はやさしいが、漢字は難しい／平假名很容易學，但漢字很難。

【封筒】
信封，封套★封筒に手紙を入れました／把信放進了封套裡。

【ペン】pen
筆，鋼筆，自來水筆★このペンはとても書きやすいです／這枝筆非常好寫。

【ボールペン】ballpointpen
原子筆★ボールペンを使って、かわいい絵を描きます／用原子筆畫出可愛的圖畫。

【万年筆】
金筆，鋼筆；自來水筆★自分の好きな絵を万年筆で描く／用鋼筆畫自己喜歡的畫。

かける／掛ける	掛上、澆灌、打（電話）

【掛かる】
垂掛，懸掛，掛上★祖父の写真が壁にかかっている／牆上掛著祖父的照片。

【掛ける】
掛上，懸掛；拉，掛（幕等）★壁にコートがかけてあります／牆上掛著大衣。

【掛ける】
撩（水）；澆；潑；倒，灌★花に水を掛ける／澆花。

【掛ける】
戴上；蒙上；蓋上；搭上★めがねを掛ける／戴眼鏡。

【出す】
掛，懸★旗を出す／掛旗子。

【電話】
電話；電話機★電話をしながら車の運転をしないでください／開車時請不要講電話。

【ボタン】(葡) botão／button
按鍵★ドアを開けてエレベーターボタンを押します／打開門，按電梯的按鈕。

●Track-016

かぞえる／数える	計算

【円】
日元★日本の大学に入るには100万円いります／要進入日本的大學就讀需要花費一百萬圓。

【回】
回，次★週に2回筋トレをしている／我一週做兩次肌力訓練。

【カップ】cup
量杯★カップ一杯の水を入れる／放入一杯量杯的水。

【キロ】(法) kilogramme 之略
公斤，千克，千米★この牛は重さが700キロあります／這頭牛重達七百公斤。

【くらい・ぐらい】

大約，大概，左右，上下★ここから隣の町まで 200 キロメートルぐらいです／從這裡到鄰鎮大約距離兩百公里。

【グラム】(法) gramme
克，公克★三つで 200 グラムです／三個共二百公克。

【個】
個，計算物件的量詞★個と全体／個人和總體。

【頃】
…時分，…前後，…左右★ 10 時頃帰る／ 10 點左右回去。

【歳】
歲，年歲★これは 3 歳の子どものための本です／這是為三歲兒童編寫的書。

【冊】
本，個，冊，部★辞書を 1 冊しか持っていない／我只有一本辭典。

【皿】
（單位）碟，盤★旦那と二人でカレーライスをふた皿食べた／我和先生兩個人吃了兩盤咖哩。

【時】
點；點鐘；時；時刻★もう 12 時です。寝ましょう／已經 12 點了。快睡吧！

【時間】
時間；工夫；時刻；鐘點；授課時間★時間があるから、ゆっくり歩いて行きましょう／還有時間所以慢慢走過去就好了。

【ずつ】
固定的數量反覆出現；固定的同數量分配★単語を 1 日に 30 ずつ覚えます／一天各背 30 個單字。

【台】
大致的數量範圍★ 500 円台のものがほしい／我想要 500 圓左右的東西。

【台】
輛，架，台（計數車輛或機器等的量詞）★ドイツの自動車を 2 台買いました／買了兩輛德國製的汽車。

【度】
次數，回數★一度見たことがある／曾經見過一次。

【度】
角度★ 45 度のお辞儀で挨拶します／以 45 度鞠躬致意。

【度】
期間★ 2020 年度から新しい授業が始まる／從 2020 年度開始新課程。

【度】
溫度★たいへん、熱が 39 度もありますよ／糟了！發燒到 39 度耶！

【度】
經度，緯度★南緯 25 度にある／在南緯 25 度。

【度】
度數★めがねの度が合わない／眼鏡的度數不合適。

【時】
時間★時が流れる／時間流逝。

【時計】
鐘，錶★高い時計を着けている／配戴著昂貴的手錶。

【日】
天，日★1日10ページ書く／一天書寫10頁。

【人】
單位量詞；名，人，個（人）★彼を入れて合計10人いる／包括他在内共計十人。

【杯】
碗，匙，杯，桶，只★水が一杯ほしいです／我想要一杯水。

【番】
第…號★成績はクラスで2番／成績在班上排第二。

【番】
號；盤★電話は123の4567番／電話號碼是123-4567。

【番号】
號碼，號數，號頭★番号を呼ぶ前に、入らないでください／在叫到號碼之前請不要進來。

【匹】
頭，隻，條，尾，計數獸、鳥、魚、蟲等的量詞★ここには、犬が何匹いますか／這裡有幾隻狗呢？

【服】
服，付，回（喝的次數）；原本唸「ふく」★お茶を一服どうぞ／請喝一杯茶。

【分】

分（角度及貨幣的計算單位）★3角8分／3角8分。

【分】
分（時間的單位）★今9時15分過ぎです／現在是9點過15分。

【ページ】page
頁，書、筆記本中紙張的一面，亦指表示其順序的數字★ページを開ける／翻開內頁。

【辺】
程度★その辺でもういいでしょう／到此為止就算了吧！

【本】
條，隻，支；卷；棵，根；瓶★スプーンを十本ぐらい持ってきてください／請拿大約十支湯匙過來。

【枚】
片，張，塊，件，幅，扇，個★カードを3枚持っている／我有三張卡。

【前】
剛好的份量★二人前のコースをお願いしました／我要兩人份的套餐。

【目】
（表示順序）第…★次の角を曲がって、右側の三つ目の建物です／下個轉角拐過去後，右手邊的第三棟建築物。

【メートル】(法) mètre
公尺，米★100メートルを10秒ぐらいで走りました／一百公尺跑了十秒左右。

【門】
門（大砲的計算單位）★8インチ砲6門を

持っている／擁有8英吋的大砲6門。

【読む】

數；計算；圍棋、將棋賽中，思考下一
步的路數★大人の数を読む／計算大人
的人數。

● Track-017

かぞく／家族	家族

【兄】

哥哥；姊夫；大哥；師兄★いちばん上の
兄がとても優しい／大哥人最和善了。

【姉】

姐姐；姊；家姊；嫂嫂；夫姊★姉は私
と三つ年が違います／姐姐和我差三歲。

【妹】

妹妹；小姑，小姨，弟妹★私はよく妹と
遊びました／我以前常和妹妹一起玩耍。

【お祖父さん・お爺さん】

（父方）爺爺，公公，祖父；（母方）外祖
父，老爺，外公★お祖父さんは、お酒が
大好きです／爺爺最喜歡喝酒了。

【伯父さん・叔父さん】

對伯父、叔父、舅父、姨丈、姑丈的尊
稱★伯父さんはいろいろ教えてくれま
した／伯伯教了我很多知識。

【お父さん】

父親，爸爸，爸★あなたのお父さんは、
立派ですばらしいです／令尊相當傑出
而了不起。

【弟】

弟弟★下の弟が本当かわいい／下面的
弟弟真的好可愛。

【お兄さん】

哥哥，令兄，您哥哥；禮貌地稱呼兄長的
用語，亦用於指稱對方的兄長★あなた
のお兄さんはいつ結婚しましたか／你
哥哥什麼時候結婚的呢？

【お姉さん】

姐姐，大姐★あなたのお姉さんはいつ
見ても綺麗ですね／你姐姐不管什麼時
候看起來都漂亮。

【伯母さん・叔母さん】

姑母；伯母；叔母；姨母；舅母★静子伯
母さんが嫌いだ／我不喜歡静子伯母。

【家族】

家族，家屬★今年の夏は家族とハワイに
行った／今年暑假和家人去了趟夏威夷。

【兄弟】

兄弟；姐夫，妹夫，弟妹，嫂子★兄弟
が七人ですか。多いですね／您有七個兄
弟姊妹呀，好多喔。

かたい／硬い、堅い、固い	堅硬

【岩】

岩石★世界で一番大きな岩／世界最為
巨大的岩石。

【丈夫】

堅固，結實★丈夫で軽い靴が欲しいで
す／想要一雙堅固又輕巧的鞋。

【大丈夫】
牢固，可靠★この靴は大丈夫だ／這雙
鞋堅固耐用。

【強い】
堅硬的★手を強く握る／握手剛勁有力。

からだ／体	身體部位

【足】
腳掌；腳背★足が小さい／腳很小。

【足】
整個腿部★足を上げる／抬腿。

【頭】
頭部，腦袋；頭髮★かぜをひきました。
頭が痛いです／我感冒了，頭好痛。

【顔】
臉；面孔；容貌；人★顔が赤いですよ。
どうしましたか／你的臉看起來紅通通
的，怎麼了嗎？

【体】
身體；身子；體格；身材；健康；體力
★体がよくなる／健康好轉。

【口】
口；嘴★口を大きく開けてください／請
把嘴張大。

【背・背】
身長，身高，身材，個子★背が高い／
身材高大。

【背・背】

脊背，後背，脊梁★背を押す／推背。

【手】
手；手掌；臂，胳膊，胳臂，臂★田中さ
んの手は冷たかったです／田中小姐的
手是冰冷的。

【肉】
肌肉★おなかに肉がついた／肚子長肉
了。

【左】
左手★左で投げる／用左手投。

【耳】
耳，耳朵★耳に入る／聽到。

●Track-018

かんじる／感じる	感覺

【甘い】
甜蜜（味道）★花の甘い香り／花朵甜蜜
的芳香。

【痛い】
吃不消★そう言われると痛い／你這麼
一說我還真感到吃不消。

【覚える】
感覺，感到，覺得★疲れを覚える／感
到疲倦。

【重い】
心情沉重的；重要的；嚴重的★頭が重
い／心情沉重。

【がる】
覺得，感覺★なぜみんなスターバック

スに行きたがるのか／為什麼大家都喜歡去星巴克呢？

【聞く】

品嚐，鑑賞★音楽を聞く／鑑賞音樂。

【困る】

不行，不可以★本屋がなくなって、困るじゃないか／沒有書店，就感到不便對吧？

【する】

感覺到聲、色、形、味等，有…的感覺★いいにおいがする／有一陣香味。

【疲れる】

累，乏★電車の中で勉強して、目が疲れた／在電車上看書，眼睛很累。

【入る】

為感官所感知★たまたま耳に入る／剛好聽到。

【鼻】

鼻子★鼻が大きい／鼻子很大。

【見る】

體驗，經驗★痛い目をみる／嚐到苦頭。

【もう】

用以強調感情，加強語氣★もううれしくて／別提有多高興了。

【悪い】

不佳，不舒暢，無法有好感；不適合，不方便；壞，腐敗★胃が悪い／胃腸不好。

| がんばる／頑張る | 努力 |

【頭】

頭目，首領★大工の頭／木匠頭兒。

【椅子】

職位；位置★社長の椅子／社長的位置。

【忙しい】

忙，忙碌★父はいつも忙しいです／家父總是非常忙碌。

【一々】

一個一個；一一詳細★小さいことまでいちいち話した／連一點小事都一一詳細的說了。

【さあ】

表示自己的決心★さあ、仕事をしよう／來，上工吧！

【座る】

居某地位，占據席位★社長の椅子に座る／當上社長。

【先生】

律師；議員；師傅★椅子から立って、先生に挨拶しました／從椅子上站了起來向議員問好。

【立つ】

行動起來；奮起★会社のために立つ／為公司而奮力工作。

【どうも】

怎麼也★どうも見つからない／怎麼也找不到。

【乗る】

乗勢，乗機★良い波に乗る／趁勢順利進行。

【ポスト】post

地位；工作崗位，職位（地位）★社長のポストがあいている／社長職位空缺著。

【道】

専門★その道のプロ／該領域的專家。

●Track-019

| きく／聞く | 詢問、聆聽 |

【あのう】

那個，那，請問；那個…；啊，嗯★あのう、すみませんが／那個，請問一下。

【幾つ】

幾個，多少，幾歲；多少（年頭）的數量，亦指年齡★餃子は一人前いくつありますか／請問一人份的煎餃有幾顆呢？

【幾ら】

多少★その長いスカートは、いくらですか／那條長裙多少錢？

【聞く】

聽；聽到★ラジオでそのニュースを聞いた／從收音機聽到了那則消息。

【声】

聲，聲音；語聲，嗓音；聲音，聲響★声を出す／發出聲音。

【静か】

静，寂靜，沉寂，肅靜，静悄悄，清靜，平靜★静かな夜がいい／寂靜的夜晚感覺極為曼妙。

【高い】

名聲高★名声が高い／聲望很高。

【小さい】

（聲音）低的★小さい声で話してください／請低聲說話。

【テープ】tape

磁帶；錄音帶★会議をテープに録音した／會議過程已用錄音機錄音了。

【テープレコーダー】taperecorder

磁帶錄音機★テープレコーダーはとても大きくて不便だ／錄音機體積大，使用起來很不方便。

【遠い】

聲音不清★耳が遠い／聽力不佳。

【どこ】

怎麼；哪裡★金をもらってどこが悪い／收錢，有哪裡不對？

【何・何】

若干；多少；幾★何日間／幾天。

【飲む】

呑（聲）；飲（泣）★声を飲む／說不出話來。

【話】

傳說，傳聞★人の話によれば／根據傳聞。

【耳】

聽覺，聽力★うるさくて耳が聞こえない／太吵了，根本聽不見。

【ラジオ】radio

廣播，無線電，無線電收音機★ラジオをつけて勉強していた／開收音機學習。

き

き　く

【レコード】record

唱片 ★レコードでクラシック音楽を聞くのが好きだ／我喜歡用黑膠唱片聽古典樂。

きたない／汚い	骯髒

【洗う】

洗；洗滌，淨化，一筆勾銷 ★ごはんを食べる前に手を洗う／吃飯前洗手。

【汚い】

髒，骯髒 ★手が汚いですよ、洗ってください／你的手很髒，請洗手。

【曇る】

變得模糊不清，朦朧 ★マスクで眼鏡が曇る／因為戴口罩眼鏡起霧了。

【黑い】

髒，骯髒 ★靴が黑くなった／鞋子髒了。

【石鹼】

肥皂；藥皂 ★ご飯の前に石鹼で手を洗いましょう／用餐前，先以肥皂將雙手洗乾淨吧。

【洗濯】

洗，洗衣服，洗滌 ★私は毎週日曜日に洗濯します／我固定每週日洗衣服。

きらう／嫌う	討厭

【嫌】

不願意，不喜歡，討厭；不愉快，不耐煩 ★黑いシャツは嫌です。白いのがいいです／我不喜歡黑色襯衫，喜歡白色的。

【嫌い】

嫌，不願，厭煩，厭惡，嫌惡，討厭 ★彼女は納豆が嫌いだ／她不喜歡吃納豆。

●Track-020

きる／切る	斷絕

【切る】

切，割，砍，剁，砍傷，割傷，切傷，刺傷 ★肉を切る／切肉。

【切る】

中斷談話等；中斷、斷絕關係 ★関係を切る／中斷關係。

【ナイフ】knife

小刀，餐刀 ★ナイフで肉を小さく切って食べます／用刀子把肉切小來吃。

【引く】

撤（手）；脫（身），擺脫（退出，離開，切斷關係）★手を引く／撒手不管。

きる／着る	穿上

【上着】

外衣；上衣 ★上着のポケットにハンカチを入れました／西裝外套的口袋裡放了條手帕。

【被る】

戴；套，穿 ★寒いから帽子を被って行

きなさい／外面很冷，帶上帽子再出門。

【着る】

穿★スーツを着ていると動きにくい／
穿上西裝，動作就感到不利索。

【コート】coat

上衣；外套，大衣；女短大衣★会社の
中では、コートを脱いでください／在公
司裡，請脫掉外套。

【シャツ】shirt

（西式）襯衫，褻衣，西裝襯衫；汗衫，內
衣★ポケットがついた白いシャツがほし
いです／我想要一件附口袋的白襯衫。

【セーター】sweater

毛衣，毛線上衣★弟は、黒いセーターと
白いズボンをはいています／弟弟穿著
黑毛衣和白褲子。

【背広】

西裝，普通西服★背広を着て、仕事に行
きます／穿上西裝去工作。

【服】

衣服，西服★綺麗な服を着て、パーティー
に出ます／穿上華麗的服飾，參加宴會。

【帽子】

帽子★日が強いから、帽子をかぶって出か
けましょう／豔陽高照，戴上帽子出門吧。

【洋服】

西服，西裝★私はこの洋服に合う帽子が
ほしい／我想要能搭配這件西服的帽子。

【ワイシャツ】whiteshirt

襯衫，西服襯衫★同じワイシャツを2
枚持っています／擁有兩件同款的襯衫。

きれい／綺麗 ｜ 美麗

【綺麗】

美麗，漂亮，好看★春にはあちこちで
綺麗な花が咲く／在春天，處處綻放美
麗的花。

【綺麗】

潔淨，乾淨★きれいな水が飲みたいで
す／我想喝純淨的水。

【白い】

乾淨，潔白★白いシーツ／潔白的床單。

【涼しい】

明亮，清澈★君はいつも涼しい目で
笑っていた／你總是用一雙水汪汪的大
眼睛笑著。

【花】

華麗，華美；光彩；精華★彼女は社交
界の花だ／她是交際花。

【立派】

漂亮，美觀，美麗，華麗★この辺立派
なお家が多いです／這附近有許多漂亮
的宅邸。

くる／来る ｜ 到來

【いらっしゃい】

來，去，（做某事）吧★いつでも遊びに
いらっしゃい／隨時歡迎來玩。

【返す】

歸還，退掉；送回★本を図書館に返します／我要去圖書館還書。

【帰る】

回歸，回來；回去，歸去★お酒を飲んだので、タクシーで家に帰りました／我喝了酒，所以坐計程車回家了。

【来る】

來，來到，來臨；到來★その男の人は昨日ここに来ました／那位男士昨天來過這裡。

【引く】

抽回，收回（手、腳）★手を引く／收手。

【降る】

事情集中而來★降るほど縁談がある／來提親的對象多的是。

● Track-021

くるしい／ 苦しい	痛苦的

【ああ】

啊；呀！唉！哎呀！哎喲！★ああ、たいへん／呀！真不得了了！

【痛い】

疼的★靴が小さくて、足が痛い／鞋子太小，穿得腳好痛。

【痛い】

痛苦的★胸が痛い／心痛。

【曇る】

暗淡，鬱郁不樂★顔が曇る／神情鬱郁

寡歡。

【暗い】

陰沉，不明朗，不歡快★暗い音楽／黑暗陰沉的音樂。

【困る】

感覺困難，窘，為難；難辦★お金がなくて、困りました／沒有錢，不知道該怎麼辦才好。

【困る】

窮困★彼女は困っている人を助けた／她救濟了窮困的人。

【さあ】

表示難以判斷，不能明確回答★さあ、よくわかりません／呀！我真不明白。

【大変】

太費勁，真夠受的★毎日のアイロンが大変だ／每天都要用熨斗燙衣服真是太費勁了。

【一寸】

不太容易，表示沒那麼簡單★すみません。ちょっとわかりません／不好意思！我不太瞭解。

【難しい】

（病）難以治好，不好治；麻煩，複雜★難しい病気／難以治好的病。

【難しい】

難解決的，難達成一致的，難備齊的★難しい条件／嚴苛的條件。

【よく】

表達困難的情況下也完成了，竟然★よくそんなことが言えるね／那種話竟然也

敢説。

くわえる／加える	加上、加入

【後】（あと）
再★後三分（あとさんぷん）で終（お）わる／再三分就結束了。

【今】（いま）
再，更（副）★今一度（いまいちど）考（かんが）えてみる／再一次考慮看看。

【入れる】（いれる）
包含，算上，計算進去；添加，補足★お客（きゃく）さんは私（わたし）を入れて５人（にん）です／包括我客人共五位。

【そうして・そして】
然後；而且；而；又★冬（ふゆ）が終（お）わる。そして春（はる）が来（く）る／冬天結束了，然後春天來臨了。

【それから】
還有，再加上★鉛筆（えんぴつ）それから消（け）しゴムを買った／買了鉛筆再加上橡皮擦。

【出る】（でる）
參加★試合（しあい）に出（で）る／參加考試。

【乗る】（のる）
參與，參加★相談（そうだん）に乗（の）る／一起商量，幫忙想辦法。

【入る】（はいる）
加入（成為組織的一員）；進入；硬加入，擠入★大学（だいがく）に入（はい）る／進入大學。

【又】（また）

又，再，還★美味（おい）しくて、また食（た）べたくなる／美味可口，還想再吃。

【もう】
再，還，另外★もう１ヶ月（げつ）だけ待（ま）ってください／請再等我一個月就好。

【もっと】
程度再更進一步★もっと勉強（べんきょう）する／更加努力學習。

● Track-022

こそあど	這個、那個、哪個

【ああ】
那樣；那麼★これをああして、こうしてくださいね／這個請那麼做這麼做。

【あそこ】
那兒，那裡★あそこまで走（はし）りましょう／跑到那邊吧！

【あちら】
那裡★男（おとこ）の人（ひと）はあちらの方（ほう）へ走（はし）って行（い）きました／男子往那個方向跑過去了。

【あの】
那個；那，當★あのかばんがほしいです／我想要那個包包。

【あれ】
那個；那時；那；那裡；那件事★あれは何（なん）ですか／那是什麼呢？

【何時】（いつ）
什麼時候★今度（こんど）はいつ会（あ）いましょうか／我們下次什麼時候碰面？

【ここ】

這裡，這兒；至此★今日の仕事はここまでにしよう／今天的工作就做到這邊吧。

【こちら】

這裡，這邊，這方面★どうぞこちらへ／請往這邊走。

【この】

這，這個★この仕事は1時間ぐらいかかるでしょう／這項工作大約要花一個小時吧。

【これ】

這，此；這麼，這樣★これは彼女からもらったネクタイです／這是從她那邊得到的領帶。

【こんな】

這樣的，這麼，如此★彼女の夫はこんな人です／她的丈夫是這樣的人。

【そう】

那樣★あなたはなぜそうしたいのですか／你為什麼想那樣做呢？

【そこ】

那兒，那裡，那邊；那一點；那時★そこにいるのは妹です。かわいいでしょう／站在那邊的是我妹妹，很可愛吧。

【そちら】

那邊，那個★そちらは安いですよ／那邊的比較便宜喔！

【その】

那，那個；那件事★そのテープは5本で600円です／那個錄音帶，五個賣600圓。

【それ】

那個；那件事★それは中国語でなんといいますか／那個的中文怎麼說？

【どこ】

何處，哪裡，哪兒★あなたはどこから来ましたか／你從哪裡來的？

【どちら】

哪邊，哪面，哪兒★お手洗いはどちらですか／洗手間在哪邊呢？

【どの】

哪個，哪★田中さんはどの部屋にいますか／請問田中小姐在哪個房間呢？

【どれ】

哪個，哪一個★どれも買いたい／每個都想買。

【どんな】

怎樣，怎麼樣；如何；哪樣的，什麼樣的★新しい先生はどんな人ですか／新來的老師是什麼樣的人？

【何・何】

什麼，何；哪個★これは何ですか／這是什麼？

【向こう】

那邊，那兒★向こうに見える山／在那邊可以看得見的山巒。

ことわる／断る ｜ 拒絕

【いいえ】

不，不是，没有★いいえ、まだです／不，還没有。

【嫌（いや）】

厭膩，厭煩到無法忍受，不幹★こんな給料（きゅうりょう）じゃ嫌（いや）だ／這樣的薪水我才不幹。

【結構（けっこう）】

不需要★「コーヒーはいかがですか。」「いいえ、けっこうです。」／「要不要喝咖啡呢？」「不需要，謝謝。」

【何（なに）・何（なん）】

哪裡，没什麼★何、それでいいんだ／没什麼，那樣就夠了（不需要了）。

● Track-023

したしい／親しい ｜ 親近

【奥（おく）さん】

對別人妻子的尊稱★奥さん、今日魚（きょうさかな）が安いよ／太太，今天的魚很便宜喔！

【伯父（おじ）さん・叔父（おじ）さん】

孩子們對一般中年男人的稱呼★おじさん、すみません、この船（ふね）に乗（の）りたいんですけど／大叔，不好意思，我想搭乘這艘船。

【お兄（にい）さん】

老兄，大哥；對年輕男子親切的稱呼★

ここのお兄（にい）さんはみんなかっこういいね／這裡的大哥大家都很酷呢！

【お姉（ねえ）さん】

小姐★ここのお姉（ねえ）さんはみんなやさしいね／這裡的小姐大家都很親切呢！

【伯母（おば）さん・叔母（おば）さん】

大娘；大媽；阿姨★おばさん、すみません。これいくらですか／阿姨，請問這個多少錢呢？

【知（し）る】

認識；熟識★わたしの知（し）っている友達（ともだち）にラインを送（おく）った／給我認識的朋友傳LINE。

しまる／閉まる ｜ 關閉

【鍵（かぎ）】

鎖★ドアに鍵（かぎ）をかけましたか／門鎖好了嗎？

【掛（か）ける】

繫上；捆上★箱（はこ）にテープを掛（か）ける／使用膠帶把箱子捆起來。

【消（け）す】

關掉；熄滅；撲滅★電気（でんき）を消（け）してから、うちを出（で）ます／關掉電燈後離開家門。

【閉（し）まる】

閉，被關閉，被緊閉★玄関（げんかん）のドアが閉（し）まっている／玄關的門是關著的。

【閉（し）める】

關閉，合上；掩上★母（はは）が窓（まど）を閉（し）める／

媽媽關上窗戶。

【戸】
門；(玄關的)大門；拉門；窗戶；板窗
★入り口のガラス戸が閉まっている／
入口的玻璃門關閉著。

【ドア】door
門；扉★ドアを閉めて部屋に戻る／關
上門回到房間。

【窓】
窗，窗子，窗戶★窓を閉めているのに、
風が入ってきた／窗戶明明關著，風還
是咻咻地吹進來。

しらせる／ 知らせる	發表

【教える】
告訴；告知自己知道的事情★道を教え
る／指點去路。

【出す】
登，刊載，刊登；發表★新聞に出す／
刊登在報紙上。

【図書館】
圖書館★図書館に本を返しに行きます
／去圖書館還書。

【ニュース】news
消息，新聞；稀奇事★その人、昨日の
ニュースに出てましたよ／那個人曾出
現在昨天的電視新聞裡面喔。

【フィルム】film
影片，電影★人間味のあるフィルムが
好きだ／我喜歡充滿人情味的電影。

【見せる】
給…看；讓…看；表示，顯示★あのセー
ターを見せてください／請將那件毛衣
拿給我看。

しらべる／ 調べる	調査

【洗う】
(徹底)調查，查(清)，查明★事件の周
辺を洗う／徹查事件的週遭背景。

【辞書】
辭典★辞書を引きながら、英語の本を読
みました／那時一邊查字典一邊閱讀英
文書。

【字引】
字典，辭典，詞典，辭書★知らない字
があって、字引を引いて、調べました／
看到不懂的字，查了字典。

【テスト】test
試驗，測驗，考試，檢驗★テストは難
しくて、全然できませんでした／考題很
難，我完全不會作答。

【引く】
查(字典)★人に聞くより辞書を引いた
ほうがいい／與其問人，不如查字典來
得好。

【見る】
查看，觀察★答案をみる／查看答案。

しる／知る	知曉、認識

【明るい】
熟悉，精通★アメリカのことに明るい／
精通美國各種情勢。

【売る】
揚名★名を売る／沽名釣譽。

【お茶】
茶道★お茶を習う／學習茶道。

【覚える】
記住，記得，記憶；學會；領會，掌握，
懂得★この言葉はたいせつですから、覚
えてください／這個句話非常重要，請
務必記住。

【鍵】
（解決的）關鍵★幸せの鍵は何ですか／
幸福的關鍵是什麼？

【語】
單詞★難しい語の発音を習う／學習艱
深單字的發音。

【言葉】
語言，單詞★言葉が分かりませんから、
外国旅行は嫌いです／我不懂外語，所
以不喜歡出國旅遊。

【雑誌】
雜誌；期刊★この図書館で雑誌を借り
ました／在這間圖書館借了雜誌。

【質問】
質詢；詢問，提問；問題★質問のある
人は手をあげてください／有問題的人
請舉手。

【宿題】
有待將來解決的問題，懸案★今の問題
は宿題にする／這個問題就當作作業。

【知る】
知道；知曉；懂得；理解★私は李さん
を知っています／我認識李小姐。

【新聞】
報紙，報★毎朝新聞を読んでから、会社
へ行きます／我每天早上都會先讀報紙
後，才去上班。

【吸う】
吸收★もち米はよく水を吸う／糯米吸
水力強。

【習う】
學習；練習★母に料理を習いました／
我向媽媽學了烹飪。

【ノート】notebook 之略
筆記本，本子★ノートに何度も書いて、
日本語の単語を覚えた／我反覆在筆記
上書寫默記了日文詞彙。

【広い】
廣泛★広い意味を持つ／有廣泛的意思。

【勉強】
用功學習，用功讀書；學習知識，積累
經驗★この本を使って勉強します／用
這本書研讀。

【本】
書；書本，書籍★本を見ないで、答えな
さい／回答時請不要看書。

【目(め)】

眼力；識別力；見識★プロの目(め)／職業的鑑賞力。

【読(よ)む】

看，閱讀★考(かんが)えが青(あお)いよ。いろんな本(ほん)を読(よ)んで勉強(べんきょう)しなさい／你的想法太幼稚了！應當廣泛涉獵各種領域的書籍。

【読(よ)む】

體察，忖度，揣摩，理解，看懂★犬(いぬ)の心(こころ)を読(よ)む／忖度狗狗的心思。

【練習(れんしゅう)】

練習，反覆學習★まっすぐ線(せん)を引(ひ)いて、字(じ)の練習(れんしゅう)をします／劃上直線練習寫字。

【忘(わす)れる】

忘掉；忘卻，忘懷★私(わたし)は、あなたを忘(わす)れません／我沒有忘記你。

●Track-025

すきだ／好きだ	喜歡

【御(お)・御(おん)】

您(的)…，貴…；表示尊敬；表示鄭重，有禮貌★おいくつですか／您幾歲？

【可愛(かわい)い】

討人喜歡；寶貴的★世界一(せかいいち)可愛(かわい)い赤(あか)ちゃんが産(う)まれた／生了世界第一可愛的嬰兒。

【さあ】

表示如願以償時的喜悅★さあ、できたぞ／噢！完成啦！

【好(す)き】

喜好，喜愛，愛好，嗜好★旅行(りょこう)が好(す)きだ／我喜歡旅行。

【大好(だいす)き】

最喜歡，非常喜愛，最愛★台湾(タイワン)が大好(だいす)きです／最喜歡台灣了。

すぎる／過ぎる	經過、過度、過去

【一昨日(おととい)】

前天★おとといの夜(よる)、何(なに)を食(た)べたか覚(おぼ)えていません／不記得前天晚上吃了什麼。

【昨日(きのう)】

昨天，昨日★昨日(きのう)のことは何(なん)にも覚(おぼ)えていません／昨天發生的事情什麼都不記得了。

【過(す)ぎ】

過度，太；過分★食(た)べ過(す)ぎはよくない／過度飲食有害健康。

【する】

經過…時間★一年(いちねん)もしたら忘(わす)れるだろう／過了一年的話，就會忘了吧！

【時(とき)】

時期；季節★子(こ)どもの時(とき)は，にぎやかな都会(とかい)が好(す)きでした／孩童時期，喜歡繁華熱鬧的都會。

【もう】

已經，已★もう5時半(じはん)になりました／已經五點半了。

すくない／ 少ない	少的

【一日】

短期間★ローマは一日にして成らず／
羅馬不是一天建成的。

【薄い】

少，稀，缺乏★望みが薄い／希望渺茫。

【薄い】

薄，物體的厚度小★肉を薄く切る／把
肉切成薄片。

【軽い】

輕；輕微；簡單；輕鬆，快活★荷物が
軽い／行李很輕。

【消える】

消除；磨滅（感情或印象變為淡薄而消失）
★消えない印象／無法磨滅的印象。

【切る】

打破，突破最低限度★1キロメートル2
分50秒を切る／打破一公里2分50秒
的紀錄。

【くらい・ぐらい】

一點點，些許，微不足道；表示小看、蔑
視的心情★これくらいできるでしょう／
這麼點小事能處理吧！

【少ない】

不多的；年歲小的★客が少ない／客人
寥寥可數。

【少し】

一點，有點，些、少許，少量，稍微★

少し休みましょう／稍微休息一下吧！

【だけ】

只，只有，僅僅，就（表限定）★二人だ
けで行く／只有兩個人前往。

【だけ】

只，只要，光，就（表被限定的條件）★
名前だけ覚えてください／只有名字，
請你務必記住。

【小さい】

微少的；瑣碎的★影響が小さい／影響
微小。

【一寸】

一會兒，一下；暫且（表示數量不多，程
度不深，時間很短等）★ちょっと待って
ください／請等一下。

【時々】

偶然的★私たちはときどきパーティー
で会った／我們偶然在宴會上碰面了。

【未だ】

才，僅，不過★帰国してから未だ三日
だ／回國才不過三天而已。

【短い】

（經過的時間）短少；（距離、長度）短，
近，小★短い時間で草を取る／用很短
的時間除草。

【もっと】

再稍微，再…一點★愛をもっとください
／請再多給我一點愛。

【若い】

（年紀）小，年齡、數字很小★優子はわ
たしより三つ若い／優子比我年輕三歲。

する	做（動作）

す
する

【押す】
不顧★病気を押して出かける／不管有病在身仍然外出。

【会社】
公司（上班工作的地方）★会社の帰りにカラオケに行った／下班後去唱了卡拉 OK。

【掛かる】
著手，從事★仕事に掛かる／著手進行工作。

【掛ける】
打（電話）★電話をかける／打電話。

【仕事】
工作；活兒，事情；職業，職務★毎朝9時から午後6時まで仕事をします／每天從早上9點到晚上6點要工作。

【締める】
勒緊，繫緊；束緊；繃緊★ネクタイを締める／繫上領帶。

【宿題】
課外作業★宿題の作文が書けなくて、泣きたくなりました／習題裡的作文寫不出來，都快急哭了。

【する】
做，幹，辦★仕事をしているから、忙しいです／我正在工作，所以很忙。

【台所】
廚房，伙房，燒飯做菜的屋子★台所で料理を作ります／在廚房做菜。

【出す】
達成（紀錄）★新記録を出す／達成新紀錄。

【使う】
擺弄，耍弄，玩弄★人形を使う／操縱木偶。

【勤める】
工作，做事，上班；任職★出版社に勤める／在出版社上班。

【ネクタイ】necktie
領帶★色のきれいなネクタイを締めました／繫了一條花色很美的領帶。

【パーティー】party
（社交性或娛樂性）會，集會；茶會，舞會，晚會，聯歡會，聚餐會★パーティーを開く／舉辦派對。

【働く】
工作；勞動，做工★70歳まで働く／工作到70歲。

【番】
班，輪班★次は田中さんが読む番です／下一個換田中念了。

【道】
方法；手段★生きる道がない／沒有活下去的方法。

【見る】
照顧★子どもの面倒を見る／照料小孩。

【やる】
做，幹，進行★この仕事は、明日中にやります／這份工作將在明天之內完成。

【料理】

料理，處理★私は日本へ日本料理の勉強に来ました／我來到日本是為了學習日本料理。

ぜんぶ／全部 | 全部

【一々】

全部★問題文をいちいち読む／一一讀過題目文章。

【綺麗】

完全，徹底，乾乾淨淨★綺麗に忘れました／徹底忘得一乾二淨。

【中】

全，整★今は一年中で一番暑いときです／現在是一年之中最熱的時節。

【全部】

全部，都；整套書籍★これで全部ですか／這是全部嗎？

【だけ】

盡量，盡可能，盡所有★できるだけ明るい人と友達になりたい／希望盡可能結交活潑開朗的朋友。

【みんな】

全，都，皆，一切★この部屋にいる学生たはみんな台湾人です／這個房間裡的學生們都是台灣人。

【渡す】

遍及★海を見渡す／眺望大海。

そだつ／育つ | 成長

【秋】

秋收★実りの秋／豐收的秋天。

【犬】

狗★庭に犬が三匹います／院子裡有三隻狗。

【咲く】

開（花）★庭に赤い花が咲きました／院子裡紅色的花開了。

【静か】

平靜，安靜，沉靜，文靜★静かな人になりたい／希望成為一個文靜而體貌素雅的人。

【すぐ】

（性格）正直，耿直★彼は直な人だ／他是一個耿直的人。

【狭い】

（精神上）心胸不寬廣，肚量小★心が狭い人は、人の成功を喜べない／心胸狹窄的人，不會為他人的成功而感到開心。

【卵】

未成熟者，尚未成形★医者の卵／未來的醫生。

【出来る】

出產作物等★今年は米がよくできた／今年的稻米的收成情形良好。

【猫】

貓★猫が、おなかがすいて鳴いていま

す／貓咪肚子餓得喵喵叫。

【花】 はな

花；櫻花；梅花★桜の花が咲きました／櫻花開了。

【広い】 ひろい

度量寬廣★胸が広い／心胸寬廣。

【牡丹】 ぼたん

牡丹花★彼女は牡丹の花が好きだ／她喜歡牡丹花。

【曲がる】 まがる

（心地，性格等）歪邪，不正★心の曲がっている人／性格扭曲的人。

【真っ直ぐ】 まっすぐ

正直，耿直，坦率，直率★真っ直ぐな人と出会いたい／希望能與性格直率坦白的人相遇。

【短い】 みじかい

性急的，急性子的★彼は気が短くて嫌いです／他性情急躁我很討厭。

【難しい】 むずかしい

愛挑剔，愛提意見，好抱怨；不好對付；脾氣別扭的人★服に難しい人／對穿著挑剔的人。

たかい／高い	高的、地位高的

【上げる】 あげる

提高，抬高；增加★スピードを上げる／加快速度。

【一番】 いちばん

最初，第一，最前列★一番列車に乗る／搭乘最前列列車。

【上】 うえ

天皇；諸侯★上の命令だ／天皇的命令。

【上】 うえ

（比自己程度、年齡、地位）高★二歳上の人と結婚しました／跟比自己大兩歲的人結了婚。

【背・背】 せ・せい

山脊，嶺巔★山の背を歩く／沿著山脊走。

【大切】 たいせつ

貴重，寶貴；價值很高★大切な書類／重要的文件。

【高い】 たかい

金額大★物価が高くなる／物價上漲。

【高い】 たかい

高的（個子、地位，程度，鼻子等）★その子は背が高いですか／那孩子個子高嗎？

【山】 やま

山★山に近いところに住みたいですね／我好想住在山邊喔。

【山】 やま

高潮，關鍵，頂點★病気は今夜が山だ／病情變化今晚是關鍵。

【立派】 りっぱ

高雅，高尚，崇高★君の考えは立派だ／你的見解高超。

だす／出す	取出

【掛ける】
繳（款）★毎月三千円ずつ保険料を掛ける／每個月繳交三千圓的保險費。

【貸す】
幫助，提供；使用自己的智慧、知識、力量或能力為他人服務★手を貸す／幫忙。

【出す】
出；送；拿出，取出；掏出★財布を出す／掏出錢包。

【出す】
寄；發★手紙を出す／寄出信件。

【使う】
贈送；給★賄賂を使う／行賄。

【出る】
提供飲料、食物★ビールが出る／提供啤酒。

【花】
（給藝人的）賞錢；（給藝妓的）酬金★役者に花をあげる／給演員賞錢。

たのむ／頼む	請求

【押す】
壓倒；強加於人★この方針で押していく／以此方針，強行通過。

【お願いします】

拜託了★先に帰りますので、あとはよろしくお願いします／我先回去了，後續事務麻煩你們了。

【下さい】
請給（我）…★飲み物をください／請給我飲料。

【すみません】
勞駕，對不起，借過★すみません。車のかぎを取ってください／不好意思，麻煩把車鑰匙遞給我。

【頼む】
委託，托付（托付別人為自己做某事）★この荷物を頼みますよ／這件行李就麻煩你照看一下了。

【頼む】
請求，懇求，囑託（懇請別人能按自己所希望的那樣去做）★頼むから、喧嘩しないで／求求你，別吵架了。

【頼む】
請，雇★医者を頼む／請大夫。

【どうぞ】
請（指示對方）★中へどうぞ／請進。

● Track-028

たべる／食べる	吃

【朝ご飯】
早飯★よく寝ましたので、朝ご飯がおいしい／睡得好，早餐吃起來就特別香。

【甘い】
口味淡的★甘いおみそ汁を作りました

／做了口味清淡的味噌湯。

【薄い】

（味道）淡，淺★最近、何を食べても味が薄い／最近不管吃什麼都覺得淡然無味。

【美味しい】

味美的；好吃的★家族みんなでワイワイ食べる晩ご飯がおいしい／全家人熱熱鬧鬧一起吃的晚飯顯得格外美味。

【お菓子】

點心，糕點，糖果★これは、甘いお菓子です／這是甜的點心。

【お皿】

碟子；盤子★食べ物をお皿に取る／把食物放到盤子上。

【お弁当】

便當★お弁当を作る／做便當。

【辛い】

鹹；辣★白菜漬けで塩を入れすぎて辛い／醃製白菜放入過量的鹽巴而太鹹了。

【牛肉】

牛肉★牛肉を柔らかくする／把牛肉變軟。

【果物】

水果，鮮果★野菜と果物をたくさん食べましょう／要多吃蔬菜和水果喔。

【ごちそうさまでした】

我吃飽了，謝謝款待★ごちそうさまでした！ああ、おいしかった／謝謝招待！哎，真是太好吃了。

【ご飯】

米飯；飯食、吃飯的禮貌說法★1日に3回、ご飯を食べる／每天吃三餐。

【砂糖】

白糖，砂糖★コーヒーに砂糖を入れます／在咖啡裡加砂糖。

【塩】

食鹽；鹹度★塩をかける／灑鹽。

【醤油】

醬油★きゅうりを醤油でつける／以醬油醃製小黃瓜。

【食堂】

食堂，餐廳★大学の食堂は味がよくて、値段も安い／大學附設餐廳的餐點不但好吃，價錢也很便宜。

【吸う】

吮，吮吸，嘬，啜，喝★赤ん坊が母親の乳を吸う／嬰兒吮吸母親的奶。

【スプーン】spoon

湯匙，勺子，調羹★スプーンに一杯のオリーブ油を飲みました／喝了一湯匙的橄欖油。

【煙草】

菸草，菸★お父さんは灰皿を持って、たばこを吸っています／爸爸端著菸灰缸正在抽菸。

【食べ物】

食物，吃食，吃的東西★私の好きな食べ物は、バナナです／我喜歡的食物是香蕉。

【食べる】
吃★食べたい物は、何でも食べてください／喜歡吃的東西請隨意享用。

【卵】
雞蛋★卵と牛乳でプリンを作ります／用雞蛋和牛奶做布丁。

【茶碗】
碗，茶杯，飯碗★ご飯を茶碗に入れる／把米飯盛入碗中。

【テーブル】table
桌子，台子（桌），飯桌，餐桌★テーブルにつく／入座。

【鳥】
禽肉；禽類的肉，尤指雞肉★焼き鳥を作ってみたい／我想做做看烤雞。

【鶏肉・鳥肉】
雞肉★主人は、鳥肉が好きです／我先生喜歡吃雞肉。

【取る】
吃★夕飯をとる／吃晚飯。

【肉】
肉★肉を切って、料理を作る／切肉，做料理。

【歯】
齒，牙，牙齒★あれで歯を磨きます／用那個刷牙。

【箸】
筷子，箸★ご飯は箸で食べますが、すしは手で食べます／吃米飯時會用筷子，但吃壽司時是直接伸手拿取。

【バター】butter
奶油★パンにバターを塗って食べるのが好きです／我喜歡把奶油塗在麵包上吃。

【パン】(葡) pão
麵包★パンとサラダを食べました／吃了麵包和沙拉。

【晩】
晚飯，晚餐★晩のおかず／晚飯吃的菜肴。

【晩ご飯】
晚飯★晩ご飯はだいたい7時ごろ食べます／大概七點左右吃晚餐。

【昼】
午飯，中飯★お昼にしましょう／吃午餐吧！

【昼ご飯】
午飯★昼ご飯はいつもコンビニのお弁当です／我總是以便利商店的盒餐打發午飯。

【フォーク】fork
叉子，肉叉★肉をナイフで小さく切って、フォークで食べました／用刀子把肉切成小塊，用叉子吃了。

【豚肉】
豬肉★豚肉か牛肉かどちらにしますか／豬肉和牛肉要哪一種？

【古い】
不新鮮★古い魚を食べて、病気になりました／吃了不新鮮的魚，生病了。

【不味い】

不好吃；難吃★この料理はまずいです／這道菜很難吃。

【野菜】

菜，蔬菜，青菜★野菜を作る／種植蔬菜。

【やる】

吃，喝★帰りに一杯やりませんか／回家路上去喝一杯如何？

【夕飯】

晚飯，晚餐，傍晚吃的飯★夕飯を作って、夫の帰りを待っています／做好晚飯等先生回來。

【レストラン】(法) restaurant

餐廳，西餐館★このレストランは犬も一緒に入ることができる／這家餐廳可以帶狗一起入店。

● Track-029

ちいさい／小さい	小的

【可愛い】

小巧玲瓏★可愛い箱／小巧精緻的盒子。

【狭い】

窄；狹小；狹窄★狭い部屋／狹小的房間。

【小さい】

小的★小さい箱／小箱子。

【ポケット】pocket

袖珍，小型★ポケット・カメラ／袖珍照相機。

【細い】

細，纖細；狹窄，窄★細い道／狹窄的馬路。

ちかい／近い	近的

【明日】

（最近的）將來★明日に備えてゆっくり休んで／為將來準備，好好休息一下。

【洗う】

沖刷；波浪來回拍擊（近的）岸邊★波が岸を洗う／波浪來回拍擊岸邊。

【今】

（最近的將來）馬上；（最近的過去）剛才★今すぐ君に会いたい／現在立刻想見你。

【昨日】

近來，最近，（最近的）過去★それを昨日のことのように覚えているけど、本当は15年も前のことだ／那件事記憶鮮明像最近發生的，但其實是15年前的事。

【今日】

某年、某週的同一天★昨年の今日、桜を見に行った／去年的今天去賞了櫻。

【兄弟】

盟兄弟；哥們★あなたのことは兄弟のように思ってる／我把你當作兄弟一樣對待。

【ここ】

近來，現在★ここ数ヶ月は忙しい／這

幾個月忙得不可開交。

【先】

前程★先の楽しみな青年／前程令人期
待的年輕人。

【すぐ】

（距離）極近，非常，緊★駅はすぐそこ
ですよ／車站就在那裡喔！

【側・傍】

側，旁邊，附近★雪子さんの家は公園
のそばにあります／雪子小姐的家就在
公園的隔壁。

【近い】

近似；近乎…，近於★あの味に近い／
接近那個味道。

【近い】

（距離、時間）近；接近，靠近，靠；快，
將近★公園は海に近い／公園鄰近海邊。

【近く】

不久，近期，即將★近くに行く予定で
す／預定近期前往。

【近く】

近乎，將近，幾乎，快，快了★千円近
くある／有將近一千圓。

【近く】

近處，近旁，附近★町はすぐ近くにあ
る／小鎮就在這附近。

【隣】

旁邊；隔壁；鄰室；鄰居，鄰家★私の
家の隣にレストランがあります／我家
旁邊有間餐廳。

【隣】

鄰邦，鄰國★日本の隣は韓国だ／日本
的鄰國是韓國。

【辺】

一帶★この辺には大きいお寺があった
／這一帶有建築宏偉的寺廟。

【もう】

馬上就要，快要★今日の雨で桜はもう
終わりでしょうね／今天這場雨，賞櫻期
就將結束了吧！

【横】

旁邊★椅子の横におく／放到椅子的旁
邊。

ちがう／違う	不同、錯誤

【色々】

各種各樣，形形色色；方方面面★駅の
前にいろいろな店が並んでいます／車
站前各式各樣的商店櫛比鱗次。

【外国】

外國，國外，外洋★外国からも、たくさ
んの人が来ました／那天也來了許多國
外人士。

【外国人】

外國人★マイケルさんは外国人ですが、
日本語が上手です／邁克先生雖是外國
人卻精通日語。

【違う】

不同，不一樣；不一★大きさが違う／

大小不同。

【違う】
不對，錯★道が違う／走錯路了。

【他】
別的，另外，其他，其餘★他の店に変えよう／我們換其他家店吧。

【又】
另，別，他，改★さよなら。また会いましょう／再見，改日再見囉。

●Track-030

つかう／使う	使用

【掛ける】
花費，花★好きなことに時間を掛ける／在喜歡的事情上花時間。

【貸す】
租給，租出，出租；賃（把自己的物品租借給他人使用，並收取金錢）★アパートを学生たちに貸す／把公寓出租給學生們。

【茶碗】
陶瓷器的總稱★デパートで茶碗を三つ買いました／我在百貨公司裡買了三只碗。

【使う】
使用（人）；雇佣★家政婦を使う／雇用女傭人。

【使う】
使，用，使用★塩と醤油を使って料理を作ります／用鹽和醬油做料理。

【引く】
引用（詞句）；舉（例）★二つの例を引いてみる／試著引用兩個例子。

【便利】
便利，方便；便當★バスは便利で速いですよ／巴士方便又快速。

つく／着く	達到、到達

【一番】
最，程度最高的★今年一番寒い日に釣りに行く／今年最冷的一天我去釣魚。

【着く】
到，到達，抵達★電車は10時に東京駅に着きました／電車在十點抵達了東京車站。

【着く】
寄到；運到★荷物が昨日着いた／行李昨天送到了。

【出る】
到達，通達★駅に出る／到了車站。

【登る】
達到，高達★風邪を引いた人は3万人に登った／感冒的人高達三萬人。

つく／付く	附著

【切手】
郵票★50円の切手を7枚ください／請給我7張50圓郵票。

【差す】

透露，泛出，呈現★顔に赤が差す／臉上發紅。

【着く】
達到；夠著★手が床に着く／手碰到地板。

【テープ】tape
膠帶，窄帶，線帶，布帶，紙帶★テープで貼る／以膠帶黏貼。

【貼る】
黏，貼，糊★封筒に切手を貼る／在信封上貼郵票。

【引く】
引進（管、線），安裝（自來水等）；架設（電線等）★電話を引く／安裝電話。

【引く】
塗，敷，塗上一層★フライパンに油を引く／在平底炒菜鍋裡抹上一層油。

【ボタン】(葡) botão／button
鈕扣，扣子★ボタンをはめる／扣釦子。

【持つ】
帶，攜帶，帶在身上★金を持っています／身上帶著錢。

つぐ／次ぐ	接著

【後】
之後，其次★電車が後から後からやってくる／電車一輛接一輛地開了進來。

【後】
以後（時間相關）★あと三日で仕事が終わる／再過三天工作就完成了。

【先】
下文，接著後面的部分★物語のさき／故事的下文。

【それから】
其次，接著，以後，而且★手を洗って、それから食事をしましょう／洗洗手，接著吃飯吧！

【次】
下次，下回；其次，第二；下一（個）；下面；接著★次の駅で降りる／在下一站下電車。

【次】
次，第二；其次，次等★成績が課長の次にまで上りました／成績竄升到居於課長之次。

【次】
接二連三（地）；接連不斷（地）★仕事が次から次に入って来る／工作接二連三地到來。

【日】
第…天★夏休みの一日目／暑假的第一天。

【向こう】
從現在起，從今以後，今後★向こう一週間のお天気／從現在開始一週的天氣。

● Track-031

つくる／作る	建、做、組成、製作

【家】

房，房子，房屋（人居住的建築物）★私の家は駅のそばにあります／我家就在車站的旁邊。

【入れる】

倒入熱水沖泡飲料★お茶を入れる／泡茶。

【家】

家庭★結婚して家を持つ／結婚成家。

【生まれる】

誕生，產生新事物★新しい本が生まれる／新書問世了。

【木】

木頭，木材，木料★こんな良い木で造った家は見たことがない／沒有見過由如此好的木頭蓋的房子。

【コピー】copy

文稿★コピー・ライター／文案寫稿員。

【建物】

房屋；建築物★駅はあそこの茶色の建物の隣です／那棟咖啡色的建築物旁的就是車站。

【作る】

做；造；製造；建造；鑄造★木で家を作る／用木頭建造房子。

【出来る】

做出，建成★木でできている／用木頭做的。

【始める】

開創，創辦★花屋を始める／經營花店。

【吹く】

鑄造★銅を吹く／鑄造銅。

【物】

產品（製品）；作品；…做的★初めて書いた物でまだ下手です／第一次寫的作品，還很差。

【屋】

房屋，房子，房頂，屋脊★花屋で働く／在花店工作。

【料理】

烹調，烹飪★謝さんは魚を料理するのが得意だ／謝先生料理魚的廚藝十分高明。

【レコード】record

成績，記錄；最高記錄★すばらしいレコードが出た／創造出不凡的紀錄。

つめたい／冷たい	冰冷的

【秋】

秋天★涼しい秋／涼爽的秋天。

【寒い】

冷，寒冷★今日は風が強くて寒いです／今天風很強，非常的冷。

【涼しい】

涼快，涼爽★北海道の夏は涼しいです／北海道的夏天很涼爽。

【冷たい】

（接觸時感覺溫度非常低的樣子）冷；涼★冷蔵庫で、水を冷たくします／把水放在水箱冷藏。

【冬】
冬天★今年の冬は一回スキーに行きました／今年冬天去滑過一次雪。

【冷蔵庫】
冰箱，冷庫，冷藏室★冷蔵庫の中に何もありません／冰箱空空如也。

<table><tr><td>つよい／強い</td><td>強的、有力的、強勁的</td></tr></table>

【元気】
身體結實，健康；硬朗★お父さんとお母さんは、お元気ですか／令尊令堂是否安好無恙？

【丈夫】
健康，壯健★たくさん歩いて、足を丈夫にします／盡量走路讓腿力變強。

【強い】
強壯的；強而有力的★体が強い／身體健壯。

【電気】
電，電氣；電力★ここはまだ電気がきていない／這裡還沒有通電。

【取る】
奪取，強奪，強占，吞併★天下を取る／奪取天下。

【長い】
不慌不忙的，慢悠悠的，悠閒的（精神上有持續力）★彼はとても気が長いよ／他是個十足的慢性子喔！

【右】
勝過；比…強★テニスでは彼の右に出る人はいません／論網球沒有比他強的人了。

● Track-032

<table><tr><td>でる／出る</td><td>出去</td></tr></table>

【上げる】
吐出來，嘔吐★酒を飲みすぎて上げる／酒喝過多而嘔吐。

【お手洗い】
廁所，便所；盥洗室★お手洗いはどこですか／請問洗手間在哪裡呢？

【先】
尖兒，尖端，頭兒，末梢★枝の先に鳥がとまっている／鳥兒停留在樹梢上。

【外】
社會，外界★外の世界で学ぶ／在外面的世界多加學習。

【側・傍】
旁觀，局外★側から口を出す／從旁插嘴。

【出す】
伸出；挺出；探出★窓から首を出さないでください／頭不要伸出窗外。

【立つ】
出發，動身★日本へ立つ／動身前往日本。

【出口】
出口★駅の3番出口で待っていてください／請在車站的三號出口等著我。

【出る】
出，出去，出來★出口を出る／從出口
出來。

【出る】
出發★バスが出る／巴士要開了。

【トイレ】toilet
廁所★トイレのあとで、手を洗いましょ
う／上完廁所後要記得洗手喔。

【吹く】
草木發芽★春に新しい芽が吹く／春天
花草樹木冒出新芽。

てんき／ 天気	天氣

【明るい】
明亮★明るい部屋にする／把房間擺設
得明亮通透。

【掛かる】
覆蓋★霧が掛かる／雲霧籠罩。

【風】
風★今日は一日中涼しい風が吹いてい
ました／今天整天吹著涼爽舒適的風。

【曇る】
陰天★空が曇ってきます／天色陰雲密
佈起來了。

【暗い】
暗，昏暗，黑暗★部屋が暗い／屋子昏
暗。

【空】

天，天氣★空が暗くなってきた／天氣
轉陰了。

【天気】
天氣★今日はいい天気です。プールに
泳ぎに行きましょう／今天天氣真好！
我們去游泳池游泳吧。

【晴れる】
晴，放晴★明日は晴れるでしょう／明
天應是晴朗的天氣。

【吹く】
風吹，風颳★今日は強い風が吹いてい
ます／今天吹著強風。

とう／問う	詢問

【如何】
如何；為什麼；怎麼樣★食事のあとに
コーヒーはいかがですか／飯後來杯咖
啡如何呢？

【聞く】
詢問★日本語で道を聞く／用日語問路。

【どう】
怎麼，怎麼樣；如何★この店のコーヒー
はどうですか／這家店的咖啡怎樣？

【どうして】
為什麼，何故★昨日はどうして早く帰っ
たのですか／昨天為什麼早退？

【何故】
為什麼；如何；怎麼樣★なぜ働くのか
／為什麼要工作呢？

【何・何】(なに・なん)

什麼（用於想詢問清楚時）★何、明日ですか／什麼，明天？

【問題】(もんだい)

問題，試題★問題が難しい／問題很難。

● Track-033

どうさ／動作	動作

【入れる】(い)

點燈，開電門；點火；打，送到；鑲嵌★電源を入れる／打開電源。

【押す】(お)

推；擠；壓；按；蓋章★こうやって、ボタンを押してください／請依照這種方式按下按鈕。

【泳ぐ】(およ)

擠過，穿過★満員電車の中を泳いでいく／在滿載乘客的電車中擠過去。

【返す】(かえ)

翻過來★せんべいを返しながら焼く／仙貝邊烤邊翻面。

【死ぬ】(し)

死板；不起作用★目が死んでいる／眼神無光。

【吸う】(す)

吸，吸入（氣體或液體等）★父はたばこを吸っています／爸爸正在抽菸。

【点ける】(つ)

點（火），點燃★暗いから、電気をつけました／屋裡很暗，所以開了電燈。

【取る】(と)

操作，操縱★船の舵を取る／掌船舵。

【貼る】(は)

釘上去★板を貼る／釘上板子。

【引く】(ひ)

拉，曳；牽；拖；圍上，拉上★椅子を引く／拉開椅子。

【曲がる】(ま)

轉彎★この角を曲がる／在這個轉角轉彎。

【磨く】(みが)

刷（淨）；擦（亮）★食事の後はすぐに歯を磨く／飯後馬上刷牙。

【持つ】(も)

持，拿（用手拿，握在手中）★荷物を持つ／拿行李。

とおい／遠い	遙遠的

【置く】(お)

間隔★1軒おいて隣の家から火が出た／隔壁家間隔一戶發生火災了。

【遠い】(とお)

遠★私の家は駅から遠いです／我家離車站很遠。

【飛ぶ】(と)

跑到很遠的地方，逃往遠方；（離題）很遠，遠離★「陣痛が始まった」と聞いて病院へ飛んで行った／聽到「開始陣

痛了」就往醫院飛奔了。

と

とおる・とき

とおる／通る | 通過

【玄関】
正門；前門★私が玄関まで出て友だちを迎えた／我特地到玄關迎接朋友們。

【交差点】
十字路口，交叉點★交差点の信号は赤です／十字路口的紅綠燈亮著紅燈。

【地下鉄】
地下鐵道，地鐵★日本の地下鉄は便利です／日本的地鐵非常方便。

【走る】
通往，通向；貫串；走向★道が南北に走っている／道路縱貫南北。

【道】
道路★指をさして道を教えました／他為我指了路。

【門】
門，門前，門外，門口★学生たちが、学校の門の前に集まりました／學生們已經在校門口集合了。

【渡す】
渡，送過河★船でトラックを渡す／用船渡送貨車。

【渡る】
渡，過★長い橋を渡って、静かな村に入ります／經過一道長橋，進入一座閑靜的村莊。

とき／時 | 時刻

【何時も】
無論何時，經常（副）★いつも勉強している／無論何時總是在學習。

【これ】
現在，此（時）★これからの中国／從今往後的中國。

【頃・頃】
正好的時候，正合適的時候（程度）★ちょうどその頃始めた／正好從那個時候開始。

【時】
（某個）時候★ご飯を食べているとき／吃飯的時候。

【時】
情況，時候★ちょうどいい時に来たね／你來的正是時候。

【成る】
到了某個階段★昼に成る／到了白天。

【入る】
進，入（到達某時期或某階段）★長い休みに入る／進入長假。

【花】
黃金時代，最美好的時期★いまが人生の花だ／現在是人一生中最美好的時期。

【春】
青春期；極盛時期★冬が過ぎて春が来た／冬去春來。

ところ／所 ― 地點

【角】(かど)
角落；角，隅角★机の角(つくえ かど)／桌角。

【角】(かど)
拐角，轉彎的地方★タバコ屋の角をまがって2軒目の店です(けんめ みせ)／在賣香菸的店鋪轉角拐彎，第二間店家就是了。

【銀行】(ぎんこう)
銀行★この銀行は夜8時まで開いています(ぎんこう よる じ ひら)／這家銀行營業到晚上8點。

【口】(くち)
（進出、上下的）出入口，地方★改札口(かいさつぐち)／剪票口。

【コート】coat
球場★テニスコート／網球場。

【先】(さき)
去處，目的地★旅行先で友達と会った(りょこうさき ともだち あ)／在旅行途中與朋友碰面。

【外】(そと)
外面，外頭（家以外的地方）★晩ご飯を外で食べよう(ばん はん そと た)／晚飯在外面吃吧！

【デパート】departmentstore
百貨商店，百貨公司★日曜日に母と一緒にデパートに買い物に行きました(にちようび はは いっしょ か もの い)／星期天和媽媽一起去百貨公司買了東西。

【所】(ところ)
地方，地區；當地，鄉土★そこはとても景色のいい所でした(けしき ところ)／那裡是一個風景優美的地方。

【所】(ところ)
住處，家★明日君の所へ遊びに行くよ(あした きみ ところ あそ い)／明天到你那裡去玩。

【庭】(にわ)
庭院★庭にいろいろな色の花が咲いています(にわ いろ はな さ)／院子開滿了各種顏色的花朵。

【外】(ほか)
別處，別的地方，外部★ほかからも大勢人が来た(おお ぜいひと)／從別處也來了大批的人潮。

【店】(みせ)
商店，店鋪★こちらは食べ物を売る店です(た もの う みせ)／這邊是販賣食品的店鋪。

【八百屋】(やおや)
菜舖，蔬菜店，蔬菜水果商店；蔬菜商★野菜を売っている店を八百屋という(やさい う みせ やおや)／販賣蔬菜的店鋪稱為「八百屋」。

とぶ／飛ぶ ― 飛翔

【空】(そら)
天，天空，空中★空に飛んでいく鳥が美しい(そら と とり うつく)／飛上天空的鳥兒真美。

【飛ぶ】(とぶ)
飛，飛翔，飛行；吹起，颳跑，飄飛，飄落，飛散；濺；越過，跳過★飛行機が空を飛んでいます(ひこうき そら と)／飛機翱翔天際。

【鳥】(とり)
鳥，禽★木の上に鳥がいます(き うえ とり)／樹上有小鳥。

【飛行機】（ひこうき）

飛機★台風で飛行機が飛べません／颱風來襲導致班機停駛。

| とまる | 停止、投宿 |

【駅】（えき）

車站★台北駅はどこですか／請問台北車站在哪裡呢？

【止まる】（と）

停止不動了，停住，停下，站住★時計が止まった／手錶停了。

【止まる】（と）

堵塞，堵住，斷，中斷，不通，走不過去★雪で電車が止まる／電車因下雪而停駛。

【半】（はん）

表示中途，一半，不徹底的意思★半熟卵を食べる／吃半熟蛋。

【ホテル】hotel

賓館；飯店；旅館★私はこの原稿をホテルで書いた／我是在旅館裡寫完這部書稿的。

| とる／取る | 拿取、抓住 |

【切る】（き）

甩去，除去★野菜の水を切る／除去蔬菜的水分。

【警官】（けいかん）

警察★田中さんのお兄さんは警官です／田中先生的哥哥是警官。

【掃除】（そうじ）

打掃，掃除★毎週月曜日と木曜日は掃除をします／我會在每週一和週四打掃家裡。

【掃除】（そうじ）

清除★社会の大掃除／對社會的大清理。

【取る】（と）

拿；取，執，握，攬；把住，抓住★醤油を取ってください。請把醬油遞給我。

【脱ぐ】（ぬ）

脫；摘掉★ここで服を脱いでください／請在這裡將衣服脫掉。

【灰皿】（はいざら）

菸灰碟，菸灰缸★旅行のお土産は灰皿です／我買了菸灰缸作為旅行的紀念品。

【ハンカチ】handkerchief

手帕★ハンカチで汗を拭きました／用手帕擦了汗。

● Track-035

| ない | 沒有 |

【終わる】（お）

死，死亡★一生が終わる／結束一生。

【消える】（き）

消失，隱沒，看不見；聽不見★森の中に消える／消失在森林中。

【消える】（き）

熄滅★火が消えていた／火熄滅了。

【消える】
融化★雪が消えていく／雪融化了。

【切る】
關閉★電源を切る／關閉電源。

【消す】
消失；勾消，抹去★消しゴムで消す／
用橡皮擦擦掉。

【消す】
殺掉，幹掉★この人をけす／殺掉此人。

【死ぬ】
死，死亡★80歳で死ぬ／八十歳死亡。

【ゼロ】zero
無價值，不足取★お前の価値はゼロだ
／你的價值是零。

【ゼロ】zero
無，沒有★ゼロから始まるスペイン語
／從零開始學西班牙語。

【飛ぶ】
化為烏有，盡，斷★家賃で給料の半分
が飛んだ／光是房租薪水的一半就化為
烏有了。

【無い】
沒有，沒，無★食べ物がない／沒東西
吃。

【無くす】
消滅，去掉★貧困を無くそう／消除貧
窮吧！

【無くす】
丟，丟失，丟掉；喪失，失掉★かぎを
なくした／把鑰匙弄丟了。

【晴れる】
消散；停止，消散★悩みが晴れる／煩
惱雲消霧散。

【引く】
消失；退，後退；落，減退★熱が引く
／退燒。

【前】
差，不到，不足★息子はまだ二十前だ
／兒子還不到二十歳。

【忘れる】
遺忘，遺失★帽子を忘れる／把帽子遺
忘了。

なおす／直す	修復

【医者】
醫生，大夫★医者は彼は丈夫だと言っ
た／醫生說他身體很健康。

【薬】
藥，藥品★この薬はご飯の後に飲んで
ください／這種藥請在飯後服用。

【病院】
醫院；病院★病院のレストランは安く
ておいしいです／醫院裡的餐廳既便宜
又美味。

なる／鳴る	聲響

【言う】
作響；發響聲★床がみしみしいう／地

板咯吱咯吱作響。

【音楽】 おんがく

音楽★私は毎晩音楽を聞いてから寝ます／我每天晚上都聽完音樂才上床睡覺。

【ギター】 guitar

吉他★ギターを弾いている寫真を撮りたいです／我想拍一張彈著吉他的照片。

【弾く】 ひく

彈奏★私はピアノを弾く仕事をしたいです／我想要從事能夠彈奏鋼琴的工作。

【吹く】 ふく

吹(氣)★熱いお茶を吹く／吹熱茶(使涼)。

にち／日	日期

【一日】 いちにち

一日，一天，一晝夜，時間的計算單位★今日は一日中仕事をしていました／今天工作了一整天。

【九日】 ここのか

九天★この町で九日間ぐらい泊まりたい／想要在這個小鎮住上九天左右。

【十日】 とおか

十天★今年はあと十日ぐらいしかない／今年只剩十天左右。

【七日】 なのか

七天，七日★七日前に旅行から帰りました／我在七天前旅行回來了。

【二十日】 はつか

二十天★あと二十日ぐらいで店をオー

プンする／本店再二十天左右即將開業。

【二日】 ふつか

兩天★原稿の締め切りまであと二日ある／距離截稿日還有兩天。

【三日】 みっか

三天★三日に一度は食べたくなる／每隔三天又會開始想吃。

【六日】 むいか

六日，六天，一日的六倍的天數★每月六日に家賃を払います／我在每個月6號付房租。

【八日】 ようか

八天★そこまで着くには八日かかる／要抵達那裡需要八日時間。

【四日】 よっか

四天★昔、日本から台湾まで船で四日かかった／以前，要從日本到台灣，必須搭船整整四天才會到達。

● Track-036

ねる／寝る	就寝

【お休みなさい】 やす

晚安★おねえちゃん、お休みなさい／姊姊，晚安。

【寝る】 ね

睡眠★早く寝て早く起きて／早睡早起。

【ベッド】 bed

床★本を読んでから、ベッドに入ります／先讀了書之後才就寢。

【休み】 やす

睡覺★お<ruby>休<rt>やす</rt></ruby>みの<ruby>時間<rt>じかん</rt></ruby>ですよ／睡覺時間到了喔！

【<ruby>休<rt>やす</rt></ruby>む】
睡，臥，安歇，就寢★<ruby>毎晩<rt>まいばん</rt></ruby> 11 <ruby>時<rt>じ</rt></ruby>には<ruby>休<rt>やす</rt></ruby>みます／每天晚上 11 點就寢。

【<ruby>横<rt>よこ</rt></ruby>】
躺下；橫臥★<ruby>疲<rt>つか</rt></ruby>れて<ruby>横<rt>よこ</rt></ruby>になる／疲憊不堪躺了下來。

ねん、げつ／年、月　年、月

【<ruby>ヶ月<rt>げつ</rt></ruby>】
…個月★ 3 <ruby>ヶ月間<rt>げつかん</rt></ruby>ダイエットをしている／減肥減了 3 個月。

【<ruby>月<rt>がつ</rt></ruby>】
月★ 9 <ruby>月<rt>がつ</rt></ruby>に<ruby>日本<rt>にほん</rt></ruby>へ<ruby>旅行<rt>りょこう</rt></ruby>に<ruby>行<rt>い</rt></ruby>きます／9 月要去日本旅遊。

【<ruby>去年<rt>きょねん</rt></ruby>】
去年★<ruby>趙<rt>ちょう</rt></ruby>さんは<ruby>去年大学<rt>きょねんだいがく</rt></ruby>を<ruby>出<rt>で</rt></ruby>ました／趙先生去年從大學畢業了。

【<ruby>今年<rt>ことし</rt></ruby>】
今年★<ruby>私<rt>わたし</rt></ruby>は<ruby>今年<rt>ことし</rt></ruby>の 4 <ruby>月<rt>がつ</rt></ruby>に<ruby>日本<rt>にほん</rt></ruby>に<ruby>来<rt>き</rt></ruby>ました／我是今年 4 月來日本的。

【<ruby>今月<rt>こんげつ</rt></ruby>】
本月，當月，這個月★<ruby>今月<rt>こんげつ</rt></ruby>、<ruby>日本<rt>にほん</rt></ruby>へ<ruby>日本<rt>にほん</rt></ruby><ruby>語<rt>ご</rt></ruby>の<ruby>勉強<rt>べんきょう</rt></ruby>をしに<ruby>行<rt>い</rt></ruby>きます／我這個月要去日本學日語。

【<ruby>再来年<rt>さらいねん</rt></ruby>】
後年★<ruby>再来年<rt>さらいねん</rt></ruby>に<ruby>台湾<rt>タイワン</rt></ruby>へ<ruby>遊<rt>あそ</rt></ruby>びに<ruby>行<rt>い</rt></ruby>きたいです／我希望後年能到台灣玩。

【<ruby>先月<rt>せんげつ</rt></ruby>】
上月，上個月★<ruby>先月<rt>せんげつ</rt></ruby>、<ruby>山田<rt>やまだ</rt></ruby>さんは<ruby>結婚<rt>けっこん</rt></ruby>しました／上個月山田小姐結婚了。

【<ruby>年<rt>とし</rt></ruby>】
年★もうすぐお<ruby>正月<rt>しょうがつ</rt></ruby>ですね。よいお<ruby>年<rt>とし</rt></ruby>を／再過不久就要過年了，先祝你新年如意。

【<ruby>年<rt>とし</rt></ruby>】
年代★<ruby>年<rt>とし</rt></ruby>をとる／上了年紀。

【<ruby>年<rt>ねん</rt></ruby>】
年，一年★<ruby>年<rt>ねん</rt></ruby>に<ruby>一度<rt>いちど</rt></ruby>、<ruby>健診<rt>けんしん</rt></ruby>を<ruby>受<rt>う</rt></ruby>ける／一年做一次健康檢查。

【<ruby>一月<rt>ひとつき</rt></ruby>】
一個月★ひと<ruby>月<rt>つき</rt></ruby> 30 <ruby>冊<rt>さつ</rt></ruby>の<ruby>本<rt>ほん</rt></ruby>を<ruby>読<rt>よ</rt></ruby>む／一個月看了 30 本書。

【<ruby>毎月<rt>まいげつ</rt></ruby>・<ruby>毎月<rt>まいつき</rt></ruby>】
<ruby>毎月<rt>まいつき</rt></ruby>★この<ruby>街<rt>まち</rt></ruby>では<ruby>毎月<rt>まいつき</rt></ruby> 15 <ruby>日<rt>にち</rt></ruby>は<ruby>縁日<rt>えんにち</rt></ruby>の<ruby>日<rt>ひ</rt></ruby>だ／這個鎮上會在每個月的 15 號舉辦慶典活動。

【<ruby>毎年<rt>まいとし</rt></ruby>・<ruby>毎年<rt>まいねん</rt></ruby>】
<ruby>毎年<rt>まいねん</rt></ruby>★<ruby>毎年<rt>まいとし</rt></ruby>この<ruby>季節<rt>きせつ</rt></ruby>は<ruby>雨<rt>あめ</rt></ruby>の<ruby>日<rt>ひ</rt></ruby>が<ruby>多<rt>おお</rt></ruby>い／每年到了這個季節就會時常下雨。

【<ruby>来月<rt>らいげつ</rt></ruby>】
下月，下個月，這個月的下一個月★<ruby>田中<rt>たなか</rt></ruby>さんは<ruby>来月<rt>らいげつ</rt></ruby><ruby>引<rt>ひ</rt></ruby>っ<ruby>越<rt>こ</rt></ruby>しする／田中小姐下個月要搬家。

【<ruby>来年<rt>らいねん</rt></ruby>】
明年，來年★<ruby>来年<rt>らいねん</rt></ruby>、<ruby>中国<rt>チュウゴク</rt></ruby>へあなたに<ruby>会<rt>あ</rt></ruby>いに<ruby>行<rt>い</rt></ruby>きます／明年，我會去中國見你。

のむ／飲む 喝

【お酒】
酒的總稱★そのお酒は強いですか／那種酒很烈嗎？

【お酒】
飲酒★お酒の席／酒席。

【お茶】
茶水★桜子さん、お茶を飲んでから帰りませんか／櫻子小姐，要不要先喝杯茶再回家呢？

【カップ】cup
盛食品的西式杯狀器皿★カップ３杯のコーヒーを飲みました／喝了三杯咖啡。

【喫茶店】
茶館，咖啡館★喫茶店で仕事をする／在咖啡廳工作。

【牛乳】
牛奶★朝ご飯は牛乳だけ飲みました／早餐只喝了牛奶。

【グラス】glass
玻璃杯；玻璃★ワイングラスでワインを飲む／用紅酒杯喝紅酒。

【コーヒー】(荷) koffie
咖啡★スタバでコーヒーをのんでゆっくりしてます／我悠哉地在星巴克喝著咖啡。

【コップ】(荷) kop
玻璃杯；杯子★コップで水を飲む／用玻璃杯喝水。

【強い】
強烈的★強い酒／烈酒。

【飲み物】
飲料★このお店でいちばん美味しい飲み物をください／給我貴店最好喝的飲料。

【飲む】
吞下去★船は波に飲まれた／船隻被浪給吞沒了。

【飲む】
喝；咽；吃★ジュースを飲む／喝果汁。

【杯】
酒杯★杯をあげて勝利を祝った／舉杯祝賀勝利。

【入る】
飲（酒）★お酒が入ると人が変わる／一喝酒整個人的性情就大變。

【水】
水；涼水，冷水；液；汁★冷たい水が飲みたいです／我想喝冰涼的水。

● Track-037

のる 承載、乘坐

【掛ける】
坐（在…上）；放（在…上）★いすに掛ける／坐在椅子上。

【切符】
票，票證★電車の切符を見つける／尋獲電車車票。

【車】
車，小汽車★車が古くなったので新し

いのを買った／由於車子已經舊了，所以買了一輛新的。

【自転車】

自行車，腳踏車，單車★自転車に上手に乗ります／騎自行車的技術很好。

【台】

載人或物的器物★仏像の下に台をおく／佛像下墊上佛台。

【タクシー】 taxi

計程車；出租汽車★家の近くで、タクシーを拾う／在家附近攔計程車。

【出る】

刊登★ニュースに出る／新聞上報導。

【電車】

電車★電車に乗る前に、切符を買います／搭電車前先買車票。

【乗る】

乘坐；騎；坐，上，搭乘★車に乗ってください／請坐上車。

【箱】

客車車廂★前の箱に移る／移動到前面的車廂。

【バス】 bus

公共汽車★家から駅までバスです。それから、電車に乗ります／從家裡坐公車到車站。然後再搭電車。

はい	同意

【甘い】

寛；姑息；好說話★子どもに甘い／寵小孩。

【ええ】

嗯；嗯，好吧★「教えてください。」「ええ、いいですよ。」／「請告訴我。」「嗯，好啊！」

【答える】

回答，答覆；解答★問題に答える／回答問題。

【大丈夫】

放心，不要緊，沒錯★食べても大丈夫ですか／可以吃嗎？

【どうぞ】

請，可以（同意）★どうぞお召し上がりください／敬請享用。

【はい】

唉；有，到，是（應答）★「山田さんですか。」「はい、山田です。」／「請問是山田小姐嗎？」「是的，我就是山田。」

はいる／入る	得到、進入

【上げる】

得到★収益を上げる／獲得收益。

【掛かる】

陷入，落入，落在…（的）手中★敵の手に掛かる／落入敵人手中。

【差す】

照射★日がさしている／太陽照耀著。

【作る】

賺得，掙下★お金を作る／賺錢。

【登る】

進京★京へ登る／進京。

【入る】

得到，到手，收入，入主，變為自己所有★金が入る／得到錢。

【入る】

進，入，進入；裝入，容納，放入★部屋に入る／進入房間。

【風呂】

澡盆；浴池★風呂に入る／洗澡。

【渡る】

到手，歸…所有★悪い人の手に渡る／落入壞人的手中。

はく	穿、穿著

【靴】

鞋（短靴）；靴（長靴）★部屋に入るときは靴を脱いでください／進房間之前請拖鞋。

【靴下】

襪子★靴下やハンカチなどを洗濯しました／洗了襪子和手帕之類的衣物。

【スカート】skirt

裙子★優子さんはスカートが嫌いなのでいつもズボンです／優子小姐不喜歡穿裙子，總是穿著長褲。

【ズボン】(法) jupon

西服褲，褲子★ズボンは長いほうが1万円で、短いほうが5000円です／這些褲子，長的是一萬圓，短的是五千圓。

【スリッパ】slipper

拖鞋★友達は玄関でスリッパを脱ぎました／朋友在玄關脱了拖鞋。

【履く・穿く】

穿★渡辺さんは白いズボンを穿いています／渡邊小姐穿著白色的長褲。

● Track-038

はじまる／始まる	開始

【開く】

開始；開張，開業；開演★店が開く／商店開業。

【開ける】

開辦，著手★花屋を開ける／花店開始營業。

【頭】

先，最初，開始，開頭★来月の頭から始める／從下個月的月初開始。

【入り口】

開始，起頭，端緒；事物的開始，亦指事物的最初階段★新しい生活の入り口／新生活的開端。

【出す】

開店★店を出す／開店。

【始まる】

起源，緣起★喧嘩は、そこから始まった／爭吵就是從那裡開始的。

【始まる】
開始★会議は 3 時から始まります／會議於 3 點開始舉行。

【初め】
最初，起初★小さくても初めの一歩は大事だ／即使是小事，最初的一步都是很關鍵的。

【初め】
開始；開頭★もう一度、初めから話します／再一次從頭開始說起。

【初めて】
初次，第一次★初めての孫が 1 歳になります／第一個孫子已經一歲了。

【始める】
起來，開始★習い始める／開始學習。

はなす／ 話す	說話

【英語】
英語，英文★彼の話す言葉は英語です／他講的語言是英語。

【さあ】
表示勸誘或催促★さあ、これから面白い話をするよ／來，接下來我要開始說精彩有趣的故事喔！

【使う】
說，使用 (某種語言)★英語を使って働きたい／我想從事以英語工作。

【取る】
堅持 (主張)★賛成の立場を取る／堅持贊成的立場。

【話】
商談★ちょっと話がある／我有話跟你商量。

【話】
話題★難しい話はよくわからない／話題內容太艱深了，我難以瞭解。

【話】
說話；講話；談話★話が終わらない／話說不完。

【話す】
說，講；說 (某種語言)★彼は上手な日本語を話します／他說得一口流利的日語。

【話す】
談話，商量★両親に話してから決める／跟父母商量後再決定。

はやい／ 早い、速い	早的、 迅速的

【朝】
朝，早晨★朝が早い／早晨起得早。

【今朝】
今天早晨 (早上)，今朝★今朝東京についた／今天早上抵達東京。

【先】
前頭，最前部★人の先に立つ／站在別人的前面。

【すぐ】

馬上，立刻★いますぐできる／馬上能完成。

【出す】

加速★スピードを出す／加快速度。

【早い】

早的★卒業が一年早い／提早一年畢業。

【速い】

快速的★この電車は速いですね／這班電車開得真快呀。

【前】

前，以前，先（比某個時刻更早）★一年前から勉強しています／一年前開始學習。

【前】

預先，事先★前にやっておきます／事先備好。

● Track-039

ひ／日	日期

【五日】

（每月的）五號；五天★五日は暇ですが、六日は忙しいです／5號有空，但是6號很忙。

【九日】

九日，九號★今月の九日は日曜日です／這個月的9號是星期天。

【一日】

一號，一日（一個月的第一天）★一日から三日まで、旅行に行きます／從1號到3號外出旅行。

【十日】

十號，十日，初十★十日の日曜日どこか行きますか／10號禮拜日你有打算去哪裡嗎？

【七日】

七號，七日，每月的第七天★木村さんは、七日にでかけます／木村先生將在7號出門。

【二十日】

二十號★二十日には、国へ帰ります／將於20號回國。

【二日】

二號，二日；初二★一月の二日から十日までいなかに帰ります／將於1月2號回去鄉下，待到10號才回來。

【三日】

三號，三日，初三★三月三日ごろに遊びに行きます／3月3號左右去玩。

【六日】

六號，六日，一個月裡的第六天★作業は、六日中に終わるでしょう／工作應該可以在六天之內完成吧。

【八日】

（每月的）八日，八號★誕生日は来月の八日です／我生日是下個月的8號。

【四日】

（每月的）四日，四號★新幹線は三日の昼に出て、四日の朝そこに着きます／新幹線將在3號中午發車，於4號早上抵達那邊。

ひくい／低い	低的

【下(した)】
年紀小★彼より三つ下(した)だ／比他小三歳。

【下(した)】
（程度）低；（地位）低下★先生の下(した)で勉強(きょう)する／在老師門下學習。

【低(ひく)い】
（高度）低；矮★彼氏(かれし)の背(せ)が低(ひく)い／我男朋友的個子矮小。

【勉強(べんきょう)】
廉價，賤賣★もっと勉強(べんきょう)できないか／不能再便宜些嗎？

【短(みじか)い】
低，矮★短(みじか)い草(くさ)がたくさんある／有許多短小的草。

【安(やす)い】
低廉★この店のラーメンは安(やす)いです。そして、おいしいです／這家店的拉麵很便宜，而且又好吃。

ひと／人	人

【大人(おとな)】
大人：成人，成年人★子どもから大人(おとな)まで、たくさんの人(ひと)が来(き)ました／不分男女老幼，來了非常多人。

【お巡(まわ)りさん】
警察，巡警★道(みち)が分(わ)からなかったので、おまわりさんに聞(き)きました／因為不知道路怎麼走，問了警察。

【学生(がくせい)】
學生★学生(がくせい)は、三人(さんにん)しかいません／只有三個學生。

【方(がた)】
各位，…們★先生方(せんせいがた)の話(はなし)はなかなか終(お)わりません／老師們的致詞十分冗長。

【個(こ)】
個體，個人，自己自身★個(こ)を大切(たいせつ)にする／著重個體。

【子ども】
兒童，小孩兒★子どもの遊(あそ)びが面白(おもしろ)い／小孩的遊戲很有趣。

【さん】
…先生，女士，小，老★今日中(きょうじゅう)に花田(はなだ)さんに電話(でんわ)をしてください／請在今天之内打電話給花田先生。

【人(じん)】
…人（專門、特定的人）★アメリカ人(じん)／美國人。

【生徒(せいと)】
學生★教室(きょうしつ)に、先生(せんせい)と生徒(せいと)がいます／教室裡有老師和學生。

【外(そと)】
外部，外人★外(そと)から人(ひと)を呼(よ)ぶ／從外面叫人過來。

【小(ちい)さい】
幼小的★小(ちい)さい子ども／幼小孩童。

【隣(となり)】

鄰人★隣に留守をたのむ／請隔壁鄰居幫忙看家。

【名前】

人名；姓名★ここに名前を書いてください／請在這裡寫下姓名。

【人】

人★保証人／保證人。

【人】

人；人類★女の人が話している／女士正在說話。

【一つ】

一個；一人；一歲★二人は一つになる／兩人齊心協力。

【一人】

一人，一個人★失恋した。一人で旅行に行った／我失戀了。獨自一人去旅行了。

【二人】

二人，兩個人；一對★これから二人はどこへ行きますか／我們兩個等一下要不要出去逛逛呢？

【向こう】

對方★向こうの考えも聞きましょう／也要聽聽對方的想法。

【門】

家族，家庭（家）★門ごとに神が訪れる／神明到各家各戶賜福。

【屋】

表示有某種性格或特徵的人★がんばり屋／努力奮鬥的人。

【留学生】

留學生★アメリカからも、留学生が来ています／也有從美國來的留學生。

● Track-040

ひどい／酷い	過分的

【余り】

過度…的結果（名）★うれしさの余りに涙が出る／由於高興過度而流下眼淚。

【辛い】

嚴格的；艱難的★点が辛い／（給）分嚴格。

【汚い】

難看的，不整齊的，不工整的★汚い字／不工整的字。

【狭い】

狹隘，淺陋★視野が狭い／視野狹隘。

【大変】

重大，嚴重，屬害，夠受的，不得了，了不得★大変だ。忘れ物をした／糟了！我忘記帶東西了。

【冷たい】

對對方漠不關心；冷淡；冷漠；冷遇★心が冷たい／心腸冷酷。

【太い】

無恥；不要臉；（膽子）大★神経が太い／粗枝大葉。

ふる／降る	下（雨、雪）

【雨】

雨；下雨；雨天；雨量★空が曇って、雨が降って来ました／天空中烏雲密佈，下起雨來了。

【雨】

如雨點般落下的樣子★弾丸の雨／（一陣）彈雨。

【降る】

（雨、雪等）下★雪が降って、寒いです／下雪了，好冷。

【雪】

雪★雪が降って、山が白くなりました／下雪了，山峰一片雪白。

ふるい／古い	老的、陳舊、已往

【お祖父さん・お爺さん】

老爺爺，老大爺，老爹，老公公，老頭兒，老先生★田舎でやさしいおじいさんに会った／在鄉下遇見了和藹可親的老先生。

【大人】

老成★兄は年のわりに大人だ／哥哥與年紀相比出乎意料的老成。

【お祖母さん・お婆さん】

祖母，奶奶，外祖母，外婆★お祖母さんは元気だ／祖母身體很好。

【疲れる】

用舊★疲れた背広／破舊不堪的西裝。

【遠い】

遠，久遠；從前★遠い昔／遙遠的過往。

【年】

歲月；光陰★年を経た建物／歷盡滄桑年代久遠的建築物。

【古い】

舊的，年久，古老，陳舊★古い建物／古老的建築物。

【前】

前；上，上次，上回★前の奥さん／前任老婆。

ふるまう／振舞う	表現、舉止

【ああ】

啊；是；嗯★ああ、わかりました／嗯，我知道了。

【大きい】

傲慢，不謙虛★大きい顔をする／驕傲自大。

【汚い】

吝嗇的，小氣的★金持ちは金に汚い／有錢的人都是吝嗇鬼。

【好き】

隨心所欲，隨意★あなたの好きにしなさい／隨便你，你想怎麼樣就怎麼樣吧！

【どういたしまして】

不用謝，不敢當，算不了什麼，哪兒的話呢★どういたしまして。私はなにもし

ていませんよ／不客氣，我什麼忙都沒幫上呀。

【はい】

喂，好★はい、こちらを向いて／好，請面向這邊。

【見せる】

裝做…樣給人看；假裝★舌を出して医者に見せました／伸出舌頭讓醫師診察了。

【分かる】

通情達理，通曉世故★話の分かる人がいて嬉しい／有通情達理的人在真叫人高興。

まじわる／交わる	來往

【色】

女色，色情★色を好む／好色。

【色】

情人，情夫（婦）★色をつくる／有情夫（婦）。

【奥さん】

對女主人或年紀稍長的婦女的稱呼★奥さん、これ安いですよ／太太，這很便宜喔！

【結婚】

結婚★田中さんは結婚しています／田中小姐已經結婚了。

【ご主人】

您丈夫，您先生★ご主人のお仕事は何

ですか／您先生從事什麼工作？

【出来る】

（男女）搞到一起，搞上★この二人はできている／這兩人搞到一起了。

【友達】

朋友，友人★友達の友達は友達だ／朋友的朋友，也一樣是我的朋友。

【寝る】

男女行房★女と寝る／與女同床。

【待つ】

等候；等待★電車を待つ／等待電車。

●Track-041

みる／見る	看、照看

【グラス】glass

眼鏡★サングラス／太陽眼鏡。

【先生】

醫生；大夫★病院の先生という仕事は、大変です／在醫院當醫生是一份很辛苦的工作。

【一寸】

試試，看看，以輕鬆的心情做事★ちょっとやってみる／試著做做看！

【勤める】

服侍；照料★隣の嫁はよく勤める／隔壁家的媳婦很會服侍人。

【遠い】

恍惚，不清★目が遠い／視線模糊不清。

【飲む】

藐視，不放在眼裡；壓倒★敵を飲む／

不把敵人放在眼裡。

【番】ばん
看★店の番をする／看（守）店鋪。

【見る】み
看，瞧，觀看★夜は、テレビを見ます／
晚上通常會看電視。

【目】め
眼，眼睛；眼珠，眼球★李さんは目が
大きくてきれいだ／李小姐有雙水靈大
眼，美麗極了。

【眼鏡】めがね
眼鏡★眼鏡が汚れたので、水で洗いま
す／眼鏡很髒，所以用清水沖洗。

むく／向く	朝向

【後】あと
後邊，後面，（空間上的）後方★犬が後
からついてくる／狗狗從後面跟來。

【上】うえ
上面；表面★雪の上を歩く／在雪上行
走。

【後ろ】うし
後，後面；背後；背地裡★後ろの席に
座る／坐在後面的座位。

【側】がわ
一側；周圍；旁邊★この写真の右側に
ある山です／在這張照片上右側的山。

【北】きた
北，北方★謝さんの家は駅の北側にあ

ります／謝小姐的家位於車站的北側。

【先】さき
前方，前面，那面，往前★この先は海
だよ／再往前就是大海了喔！

【四】し
四方，四周★四通八達な線路／四通八
達的鐵路。

【下】した
下，下面★桜の木の下でビールを飲む
／在櫻花樹下喝啤酒。

【背・背】せ・せい
後方，背景★富士山を背にして写真を
とる／以富士山為背景拍照。

【外】そと
外邊，外面（相對於裡的）★外から中が
見えないガラス／從外面看不到裡面的
玻璃。

【西】にし
西，西方；西天，淨土★ここから西に
行くと、川があります／從這裡往西走，
有一條河。

【走る】はし
傾向，偏重於★悪に走る／走上不良的
歪道。

【東】ひがし
東，東方★太陽は東から西へ動きます
／太陽由東向西運行。

【左】ひだり
左，左面★銀行の左には、高い建物が
あります／銀行的左邊有一棟高大的建
築物。

【方】

（方位）方，方向★風は北の方から吹いて来る／風從北邊吹來。

【前】

前，前面，前方★バスのいちばん前の席／巴士最前列的座位。

【前】

面前；面對★人の前に出る／在人前露面。

【曲がる】

傾斜★壁の絵は曲がって掛かっていた／牆上的畫歪歪斜斜地掛著。

【右】

右；右方；上文，前文★道を渡る前に、右と左をよく見てください／過馬路前請看清楚右左兩邊有無來車。

【南】

南方★南の国／南方的國家。

【向こう】

另一側，另一邊★川の向こうに村がある／河川的另一邊有村莊。

【向こう】

前面，正面，對面（前方）；正對面★向こうから知らない人が来た／陌生人從前方走了過來。

【やる】

朝向某處★目を世界にやる／眼光朝世界看。

【横】

歪；斜★横を言う／說歪理。

【横】

横；顔面★横がおが綺麗／側顔美麗驚人。

● Track-042

| もつ／持つ | 持有 |

【足】

支撐物品的腳，腿★椅子の足／椅腳。

【有る】

有；存在；持有；具有；發生★駅にはエレベーターがあります／車站裡有電梯。

【かばん】

皮包，提包，公文包★本をかばんに入れます／把書放進提包裡。

【持つ】

有，持有；設有，具有；擁有；納為己有★同じシャツを3枚持っています／擁有三件同款的襯衫。

| やさしい | 溫和的、簡單的 |

【厚い】

深厚，優厚★友情に厚い／友情深厚。

【甘い】

樂觀；天真；膚淺；淺薄★甘い考え／思慮不周。

【弟】

後輩★君はぼくより三つ弟だ／你是比我小三歲的後生晚輩。

【早い】

簡單，簡便★聞くよりネットで調べたほうが早い／與其詢問他人不如上網查詢比較快。

【丸い・円い】
圓滿，妥善；安祥，和藹★彼はまるくなった／他個性變得通達而圓融。

【易しい】
容易★易しい問題／容易的問題。

【安い】
安心★安い心はなかった／心緒不平靜。

やすむ／休む	休息

【夏休み】
暑假★夏休みのバイト／暑假的打工。

【暇】
休假，假★暇をもらう／請假。

【休み】
休息★食事をしたあとの休み／吃飯後的休息。

【休み】
休假★三日の休みを取る／請三天的假。

【休む】
休息，中止工作、動作等，使身心得到放鬆★横になって休む／躺下休息。

【ゆっくり】
舒適，安靜，安適★ゆっくりとお休みください／請您好好休息。

やめる	停止

【遊ぶ】
閒著；閒置不用★この土地は遊んでいる／這塊地沒有耕種。

【下りる】
退出，停止參與事務★試合を下りる／從比賽中退出。

【下りる】
退位，卸任★社長をおりる／辭去社長職務。

【止まる】
止住，止息，停頓★頭痛が止まる／頭不痛了。

【引く】
辭去，辭退★社長の職を引く／辭去社長職務。

【暇】
解雇，辭退★暇をやる／解雇。

【休み】
缺勤★青木君が休みです／青木君缺席。

【休む】
缺勤，缺席★病気で休む／因病缺席。

【休む】
停歇，暫停★私は昼夜休まず勉強した／我日夜不停地學習。

●Track-043

よい／良い	良好的

【明るい】
公正的，廉潔的★明るい政治／廉潔光明的政治。

【良い・良い】
好的；優秀的；美麗的；（價格）貴的★良い景色／優美的景緻。

【一番】
最好，最妙★彼女はクラスで一番可愛い／她是班上最可愛的。

【上】
高明（程度、地位、年齡、能力、數量等）★彼は英語の成績が私より上だ／他英語的成績比我好。

【面白い】
最好的★この結果が面白くない／這個結果並不稱心如意。

【薬】
益處，好處，教訓★いい薬になる／得到很好的教訓。

【結構】
漂亮；很好★たいへん明るくて結構ですね／非常明亮通透，真是漂亮！

【上手】
好，高明，擅長，善於，拿手，能手★小林さんは英語が上手です／小林先生的英文很好。

【強い】
擅長的★英語に強い／擅長英語。

【出来る】
出色，有修養，有才能，成績好★うちの子はよくできる／我的孩子很有才幹。

【天気】
晴天，好天氣★明日は天気になるだろう／明天會是好天氣吧！

【どうぞよろしく】
請多關照★どうぞよろしくお願いします／請多指教。

【速い】
敏捷的；靈活的★返事が速い／迅速回覆。

【本当】
真，真的，真正★うそじゃない。本当だよ／沒有騙你，是真的啊！

【本当】
實在，的確，真正，實際★本当の年齢は言いたくない／不想說出真實的年齡。

【本当に】
真，真的，真正★彼は本当に楽しい人です／他真是個樂天的人。

【磨く】
使乾淨漂亮；打扮★肌を磨く／仔細洗淨皮膚。

【道】
道義；道德★人の道に背く／違背人道。

【よく】
善於，做得好；仔細；充分地；熱情地；好好地，很好地★あなたは風邪ですから、よく休んでください／你感冒了，請好好休息。

【立派】

優秀，出色，傑出，卓越★私は立派な人になりたいです／我的目標是出人頭地。

ようび／曜日	星期

【火曜日】
星期二，每週的第三天★火曜日か金曜日のどっちかに休みたい／想在星期二或星期五的其中一天休息。

【金曜日】
星期五★金曜日の午後3時から会社がお休みです／公司星期五下午3點後休息。

【月曜日】
星期一，每週的第二天★月曜日は学校の授業があります／星期一要去學校上課。

【今週】
本星期，這個星期，這個禮拜，這週，本週★今週、林さんは台湾へ帰ります／林先生這星期要回台灣。

【週間】
一個星期，一個禮拜★一週間に何回洗濯をしますか／請問你每星期洗幾次衣服呢？

【週間】
週間★交通安全週間／交通安全週。

【水曜日】
星期三，禮拜三★月曜日か水曜日にテストがあります／星期一或星期三有小考。

【先週】
上星期，上週★先週の水曜日の午後、あなたはどこにいましたか／上星期三的下午，你在哪裡呢？

【土曜日】
星期六，禮拜六★先週の土曜日はとても楽しかったです／上禮拜六玩得很高興。

【日】
星期天的簡稱★来週の土日が空いてる／下週星期六日有空。

【日曜日】
星期天，星期日，週日，每週的第一天★日曜日の公園は人が大勢います／禮拜天的公園有很多人。

【毎週】
每週，每星期，每個禮拜★毎週木曜日の午後、この病院は休みです／這家醫院於每週四的下午休診。

【木曜日】
星期四★木曜日が一番疲れる／星期四最累。

【来週】
下週，下星期★小林さんのお姉さんの結婚式は来週だ／小林先生的姊姊的婚禮將於下週舉行。

● Track-044

よろこぶ／喜ぶ	愉快

【明るい】

明朗；快活★虹を見て明るい気持ちになる／看到彩虹，心情就覺得很快活的。

【面白い】

愉快的；被吸引的；精彩的，有趣的；滑稽可笑的★この漫画が面白い／這部漫畫很有趣。

【楽しい】

快樂，愉快，高興★みんなで楽しく日本語の歌を歌いました／大家一起開心地唱了日文歌。

【にぎやか】

極其開朗，熱鬧，熙熙攘攘，繁華，繁盛★そこはたくさんデパートがあって、人もたくさんいて、とてもにぎやかでした／當初那裡有很多家百貨公司，人潮也相當擁擠，非常熱鬧。

【晴れる】

暢快，愉快★みんなと一緒にいたら気持ちが晴れる／跟大家在一起心情感到很愉快。

よわい／弱い	弱的

【細い】

微少（不繁盛、鮮少的樣子）；微弱★年を取ると食事が細くなる／年紀一大，飯量就減少。

【弱い】

弱；軟弱；淺★弟は体が弱いから、毎日運動をします／弟弟體力欠佳，因此天天運動。

【弱い】

脆弱，不結實，不耐久★すぐ破れる弱いビニール袋／易破不結實的塑膠袋。

わかる／分かる	知道、理解

【甘い】

藐視，小看，看得簡單★肩こりを甘くみるな／別小看肩膀酸痛。

【難しい】

難，難懂，費解，艱澀，晦澀；難辦，難解決★この問題は、私にも難しいです／這個問題對我來說也很難。

【易しい】

易懂的，簡易的★やさしく言う／簡單說來。

【分かる】

知道，清楚★住所が分かる／我知道住址。

【分かる】

理解，懂得★何を言っているのか分からない／聽不懂你在說什麼。

わかれる／別れる	分別

【御免ください】

告辭了★では、ごめんください／那麼，告辭了。

【さよなら・さようなら】

告別，送別；再會，再見★それでは、さようなら／那麼就此告別了。

【失礼しました】

失陪了，告辭了；不能奉陪★お邪魔しました。失礼しました／打擾您了，告辭了。

【失礼します】

失陪了，告辭了；不能奉陪★じゃ、ここで失礼します／那麼，就此告辭了。

【じゃ・じゃあ】

那麼★じゃ、さようなら／那麼，再見了。

【では】

如果那樣，要是那樣，那麼，那麼說★では、また来週／那麼，下週見。

【では、また】

那麼，再見★では、また明日／那麼，明天見。

わける／ 分ける	區分

【階】

（樓房的）層★上の階の音がうるさい／樓上噪音很吵。

【階段】

等級，階段★一つ上の階段に上る／上升了一個等級。

【カレンダー】calendar

日曆★来年のカレンダーはまだ売っていません／明年度的月曆尚未開始販售。

【国】

國，國家★サッカーで有名な国は、ブラジルです／巴西是足球大國。

【クラス】class

等級，階級，階層★トップクラスに入る／進入最高等級。

【クラス】class

學年，年級，班級★クラスの担任の先生／級任導師。

【中】

裡，…之中，…之內★今月中／本月之內。

【日】

日本的簡稱★対日投資／對日投資。

【半】

半；一半★五時半／五點半。

【半分】

一半，二分之一★リンゴを半分に切る／對半切開蘋果。

【辺】

國境★辺境／邊境。

【町】

鎮（地方行政劃分單位）；町（市或區中的小區域）★町で仕事をする／在小鎮工作。

● Track-045

わたし、あなた ／私、貴方	我、你

【あちら】

那位，那個★あちらはどなたですか／那位是誰？

【貴方（あなた）】

您；你；你（妻子對丈夫）★あなた、今日何時に帰ってくるの／老公，你今天幾點回家呢？

【あれ】

他★あれはだれだ／他是誰？

【こちら】

我，我們；我方；說話人的一方★こちらはいつでも大丈夫です／我們這邊什麼時候都可以。

【こちら】

這位，指在身旁的尊長★こちらは山田校長（こうちょう）です／這位是山田校長。

【これ】

這個人，此人★これがわたしの弟（おとうと）です／這是我弟弟。

【自分（じぶん）】

自己，自個兒，自身，本人★自分（じぶん）のことは自分でやれ／自己的事自己去做。

【自分（じぶん）】

我★自分（じぶん）がやりました／我做的。

【そちら】

指示在對方身旁的人★そちらのお考（かんが）えはいかがですか／您有何想法呢？

【そちら】

您，您的家人★先（ま）ずはそちらの意見（いけん）を聞（き）こうか／首先聽聽您的意見吧！

【誰（だれ）】

某人；有人★椅子（いす）に座（すわ）っている人（ひと）は誰（だれ）ですか／坐在椅子上的人是誰？

【誰か（だれか）】

某人；有人★誰（だれ）か来（き）ました／好像有人來了。

【どちら】

哪個★右（みぎ）と左（ひだり）どちらが、好（す）きですか／左邊跟右邊你喜歡哪一個？

【どなた】

誰，哪位★「ごめんください。」「はい。どなたですか。」／「有人在嗎？」「是的，請問哪位？」

【皆さん（みなさん）】

大家，諸位，各位；先生們，女士們，朋友們，青年們，小朋友們★ご家族（かぞく）の皆（みな）さんによろしく／代我向您家人問好。

【みんな】

全體，大家★みんなで楽（たの）しく日本語（にほんご）の歌（うた）を歌（うた）いました／大家一起開心地唱了日文歌。

わるい／悪い	不好的

【青い（あおい）】

（臉色）發青，蒼白★顔色（かおいろ）が青（あお）くなります／臉色發青。

【危ない（あぶない）】

危險，不安全；靠不住；令人擔心★あそこは危（あぶ）ないから、気（き）をつけて／那邊危

險，小心一點。

【犬】
奸細，狗腿子，走狗，爪牙★国王の犬
／國王的爪牙。

【売る】
出賣，背叛；尋釁，挑釁★国を売る／
賣國。

【風邪】
感冒；傷風★風邪を引いて、会社を休み
ます／感冒了，向公司請假。

【軽い】
輕浮，不穩；卑微低賤★口が軽い／口
風不緊。

【汚い】
不正當的，卑劣的，卑鄙的★汚い手を
使ってない／沒有施展卑劣的手段。

【暗い】
沉重★暗い過去がある／有沉重的過去。

【黒い】
邪惡，不正當★腹が黒い／居心不良。

【下】
低，劣，差★60点より下はない／沒有
比六十分差的。

【小さい】
（度量）狹小的★気が小さい／度量狹小。

【つまらない】
無趣，没趣，没意思，無聊★最近テレ
ビがつまらない／最近的電視内容很沒
意思。

【荷物】
負擔，累贅★子どものお荷物にはなり
たくない／我不想成為孩子的包袱。

【寝る】
因病臥床★かぜで寝ている／因患感冒
而臥病。

【始まる】
犯（老毛病）★部長の自慢話が又始まっ
たよ／部長又開始吹牛皮了喔！

【始める】
犯（老毛病）★不平不満を始める／又犯
了愛抱怨的毛病。

【引く】
患，得★風邪をひいて、熱が出る／感冒
發燒了。

【低い】
（身分等）低微，低賤，微賤★女性の地
位が低い／女性地位低微。

【病気】
病，疾病，病症，疾患★お祖母さんは
重い病気で入院しています／奶奶由於
身染重病而正在住院。

【下手】
不慎重，不小心，馬虎★下手に手を出
すな／不可輕舉妄動。

【下手】
笨拙（的人），不高明（的人）★私は歌が
下手です／我的歌喉很差。

【曲がる】
歪曲，不合道理★曲がった考え／扭曲

的想法。

【不味い】

不妙，不合適，不恰當★これは不味い
ことになった／這下可糟了。

【不味い】

拙劣；笨拙；不高明，不好★まずい絵
／拙劣的畫。

【難しい】

心緒不好，不痛快，不高興★難しい顔
をする／一臉不高興的樣子。

【弱い】

不擅長，搞不好，經不起★船に弱いが、
釣りが大好きだ／很會暈船，卻喜歡釣
魚。

【悪い】

壞，不好；惡性；惡劣；有害；不吉利，
不吉祥★私は悪いことをしました／我
做了壞事。

MEMO

▶ **50 音順單字表** ✦ 背完一個單字就打個✔吧 ✦

	あ	
☐	**ああ**	那樣；那麼
☐	**ああ**	啊；呀！唉！哎呀！哎喲！
☐	**ああ**	啊；是；嗯
☐	**あう【会う】**	遇見；碰見；會見；見面；遭遇；碰上
☐	**あおい【青い】**	不成熟，幼稚
☐	**あおい【青い】**	青；藍；綠
☐	**あおい【青い】**	（臉色）發青，蒼白
☐	**あかい【赤い】**	紅
☐	**あかるい【明るい】**	公正的，廉潔的
☐	**あかるい【明るい】**	有希望的
☐	**あかるい【明るい】**	明亮
☐	**あかるい【明るい】**	明朗；快活
☐	**あかるい【明るい】**	熟悉，精通
☐	**あかるい【明るい】**	顏色鮮豔的
☐	**あき【秋】**	秋天
☐	**あき【秋】**	秋收
☐	**あき【秋】**	結束
☐	**あく【開く】**	開，打開
☐	**あく【開く】**	開始；開張，開業；開演
☐	**あける【開ける】**	開，打開；推開，拉開
☐	**あける【開ける】**	開辦，著手

☐	あげる【上げる】	吐出來，嘔吐
☐	あげる【上げる】	得到
☐	あげる【上げる】	提高，抬高；增加
☐	あげる【上げる】	結束
☐	あげる【上げる】	給，送給
☐	あげる【上げる】	舉，抬，揚；懸；起，舉起，抬起，揚起，懸起
☐	あさ【朝】	朝，早晨
☐	あさごはん【朝ご飯】	早飯
☐	あさって【明後日】	後天
☐	あし【足】	腳掌；腳背
☐	あし【足】	腳步；步行
☐	あし【足】	支撐物品的腳，腿
☐	あし【足】	整個腿部
☐	あした【明日】	明天
☐	あした【明日】	（最近的）將來
☐	あそこ	那兒，那裡
☐	あそぶ【遊ぶ】	玩耍，遊戲；消遣；遊歷；遊蕩
☐	あそぶ【遊ぶ】	閒著；閒置不用
☐	あたたかい【暖かい】	氣溫暖和；東西的溫度暖和；充滿溫暖
☐	あたま【頭】	先，最初，開始，開頭
☐	あたま【頭】	頭目，首領
☐	あたま【頭】	頭腦
☐	あたま【頭】	頭部，腦袋；頭髮

☐	あたらしい【新しい】	從未有過的事物或狀態，改為新的
☐	あたらしい【新しい】	新的；新鮮的；時髦的，新式的
☐	あちら	那位，那個
☐	あちら	那裡
☐	あつい【厚い】	厚度厚的
☐	あつい【厚い】	深厚，優厚
☐	あつい【暑い】	熱的
☐	あと【後】	之後，其次
☐	あと【後】	以後（時間相關）
☐	あと【後】	再
☐	あと【後】	後邊，後面，（空間上的）後方
☐	あなた【貴方】	您；你；你（妻子對丈夫）
☐	あに【兄】	哥哥；姊夫；大哥；師兄
☐	あね【姉】	姐姐；姊；家姊；嫂嫂；夫姊
☐	あの	那個；那，當
☐	あのう	那個，那，請問；那個…；啊，嗯
☐	アパート【apartmenthouse 之略】	多戶一起分租的公共住宅
☐	アパート【apartmenthouse 之略】	公寓型式的住家
☐	あびる【浴びる】	受，蒙，遭
☐	あびる【浴びる】	澆；淋，浴；照，曬
☐	あぶない【危ない】	危險，不安全；靠不住；令人擔心
☐	あまい【甘い】	口味淡的

☐	**あまい【甘い】**	甜蜜（味道）
☐	**あまい【甘い】**	寬；姑息；好說話
☐	**あまい【甘い】**	樂觀；天真；膚淺；淺薄
☐	**あまい【甘い】**	藐視，小看，看得簡單
☐	**あまり【余り】**	（不）很，（不）怎樣，（不）大
☐	**あまり【余り】**	剩下的數，餘數（名）
☐	**あまり【余り】**	剩餘，餘剩，剩下，剩餘的物品
☐	**あまり【余り】**	過分，過度
☐	**あまり【余り】**	過度…的結果（名）
☐	**あめ【雨】**	雨；下雨；雨天；雨量
☐	**あめ【雨】**	如雨點般落下的樣子
☐	**あらう【洗う】**	沖刷；波浪來回拍擊（近的）岸邊
☐	**あらう【洗う】**	洗；洗滌，淨化，一筆勾銷
☐	**あらう【洗う】**	（徹底）調查，查（清），查明
☐	**ある【在る】**	在，位於；處於…（地位，環境）
☐	**ある【有る】**	有；存在；持有；具有；發生
☐	**あるく【歩く】**	走；步行
☐	**あれ**	他
☐	**あれ**	那個；那時；那；那裡；那件事

い

☐	**いいえ**	不，不是，沒有
☐	**いい・よい【良い】**	合適，正好，好；恰當，適當；恰好，湊巧
☐	**いい・よい【良い】**	好的；優秀的；美麗的；（價格）貴的
☐	**いい・よい【良い】**	對；行，可以；夠了
☐	**いう【言う】**	作響；發響聲
☐	**いう【言う】**	叫作
☐	**いう【言う】**	說出話語，發出聲音
☐	**いう【言う】**	說，講，道出思想、事實等
☐	**いえ【家】**	（自）家，自宅，自己的家
☐	**いえ【家】**	房，房子，房屋（人居住的建築物）
☐	**いかが【如何】**	如何；為什麼；怎麼樣
☐	**いくつ【幾つ】**	很多
☐	**いくつ【幾つ】**	幾個，多少，幾歲；多少（年頭）的數量，亦指年齡
☐	**いく・ゆく【行く】**	步行，行走；走過，經過
☐	**いく・ゆく【行く】**	去、走向某處；到…去
☐	**いくら【幾ら】**	多少
☐	**いくら【幾ら】**	無論怎麼…（也）
☐	**いけ【池】**	池，池塘；水池，池子
☐	**いしゃ【醫者】**	醫生，大夫
☐	**いす【椅子】**	椅子；凳子；小凳子
☐	**いす【椅子】**	職位；位置

☐	いそがしい【忙しい】	忙，忙碌
☐	いたい【痛い】	吃不消
☐	いたい【痛い】	疼的
☐	いたい【痛い】	痛苦的
☐	いただきます【頂きます】	我開動了
☐	いち【一】	一（數字）；第一，首先，頭一個
☐	いちいち【一々】	一個一個；一一詳細
☐	いちいち【一々】	全部
☐	いちにち【一日】	一日，一天，一晝夜，時間的計算單位
☐	いちにち【一日】	終日，一整天
☐	いちにち【一日】	短期間
☐	いちばん【一番】	最，程度最高的
☐	いちばん【一番】	最好，最妙
☐	いちばん【一番】	最初，第一，最前列
☐	いつ【何時】	什麼時候
☐	いつか【五日】	（每月的）五號；五天
☐	いっしょ【一緒】	一起
☐	いっしょ【一緒】	同樣，一樣
☐	いつつ【五つ】	第五；五個，五歲
☐	いつも【何時も】	日常，平日，往常（名）
☐	いつも【何時も】	無論何時，經常（副）
☐	いぬ【犬】	奸細，狗腿子，走狗，爪牙
☐	いぬ【犬】	狗

☐	いま【今】	再，更（副）
☐	いま【今】	現在，當前，目前，此刻
☐	いま【今】	（最近的將來）馬上；（最近的過去）剛才
☐	いみ【意味】	意思，意義
☐	いみ【意味】	意義，價值
☐	いみ【意味】	意圖，動機，用意，含意
☐	いもうと【妹】	妹妹；小姑，小姨，弟妹
☐	いや【嫌】	不願意，不喜歡，討厭；不愉快，不耐煩
☐	いや【嫌】	厭膩，厭煩到不法忍受，不幹
☐	いらっしゃい	你來了
☐	いらっしゃい	來，去，（做某事）吧
☐	いらっしゃいませ	歡迎光臨；您來了（表示歡迎，為店家的招呼用語）
☐	いりぐち【入り口】	門口，入口，進口
☐	いりぐち【入り口】	開始，起頭，端緒；事物的開始，亦指事物的最初階段
☐	いる【居る】	（人或動物的存在）有，在；居住在
☐	いる【要る】	需要，必要
☐	いれる【入れる】	包含，算上，計算進去；添加，補足
☐	いれる【入れる】	承認，認可；聽從，采納，容納
☐	いれる【入れる】	倒入熱水沖泡飲料
☐	いれる【入れる】	裝進，放入；送進
☐	いれる【入れる】	點燈，開電門；點火；打，送到；鑲嵌
☐	いろ【色】	膚色；臉色；氣色；神色

☐	いろ【色】	女色，色情
☐	いろ【色】	色，顏色，彩色
☐	いろ【色】	情人，情夫（婦）
☐	いろ【色】	景象，情景，樣子，狀態
☐	いろいろ【色々】	各種各樣，形形色色；方方面面
☐	いわ【岩】	岩石

う

☐	うえ【上】	上面；表面
☐	うえ【上】	天皇；諸侯
☐	うえ【上】	（比自己程度、年齡、地位）高
☐	うえ【上】	高明（程度、地位、年齡、能力、數量等）
☐	うしろ【後ろ】	後，後面；背後；背地裡
☐	うすい【薄い】	少，稀，缺乏
☐	うすい【薄い】	（味、色、光、影等）淡的，淡色的，淺色的
☐	うすい【薄い】	（味道）淡，淺
☐	うすい【薄い】	待人不好，冷淡；冷漠，淡漠；缺少情愛，關心，感動等的心情
☐	うすい【薄い】	薄；物體的厚度小
☐	うた【歌】	歌曲
☐	うたう【歌う】	唱歌
☐	うたう【歌う】	賦詩，咏歌，歌吟

☐	うち【家】	自家，自己的家裡
☐	うち【家】	家庭
☐	うまれる【生まれる】	生，分娩
☐	うまれる【生まれる】	產生（某種想法）
☐	うまれる【生まれる】	誕生，產生（新事物）
☐	うみ【海】	大湖
☐	うみ【海】	海
☐	うみ【海】	形容事物茫茫一片的樣子
☐	うる【売る】	出賣，背叛；尋釁，挑釁
☐	うる【売る】	揚名
☐	うる【売る】	賣，銷售；揚名
☐	うわぎ【上着】	外衣；上衣

え

☐	え【絵】	畫，圖畫，繪畫；畫面
☐	えいが【映画】	電影
☐	えいがかん【映画館】	電影院
☐	えいご【英語】	英語，英文
☐	ええ	啊
☐	ええ	嗯；嗯，好吧
☐	えかく【描く】	想像
☐	えき【駅】	車站

☐	エレベーター【elevator】	電梯，升降機
☐	えん【円】	日元
☐	えん【円】	圓，圓（形），輪形的
☐	えんぴつ【鉛筆】	鉛筆

お

☐	おいしい【美味しい】	味美的；好吃的
☐	おおい【多い】	多的
☐	おおきい【大きい】	（容積、面積、身高、聲音）大，巨大；多；（年紀大）年老
☐	おおきい【大きい】	傲慢，不謙虛
☐	おおきい【大きい】	誇大
☐	おおぜい【大勢】	大批（的人），眾多（的人），一群人
☐	お・おん【御】	您（的）…，貴…；表示尊敬；表示鄭重，有禮貌
☐	おかあさん【お母さん】	媽媽，母親
☐	おかし【お菓子】	點心，糕點，糖果
☐	おかね【お金】	錢，貨幣
☐	おきる【起きる】	起床；不睡
☐	おきる【起きる】	起，起來，立起來；坐起來
☐	おきる【起きる】	發生
☐	おく【置く】	放下，留下，丟下，落下，拋棄
☐	おく【置く】	放，擱，置

☐	**おく【置く】**	配置，設置；設立，設置
☐	**おく【置く】**	間隔
☐	**おくさん【奥さん】**	對女主人或年紀稍長的婦女的稱呼
☐	**おくさん【奥さん】**	對別人妻子的尊稱
☐	**おさけ【お酒】**	酒的總稱
☐	**おさけ【お酒】**	飲酒
☐	**おさら【お皿】**	碟子；盤子
☐	**おじいさん【お祖父さん・お爺さん】**	（父方）爺爺，公公，祖父；（母方）外祖父，老爺，外公
☐	**おじいさん【お祖父さん・お爺さん】**	老爺爺，老大爺，老爹，老公公，老頭兒，老先生
☐	**おしえる【教える】**	告訴；告知自己知道的事情
☐	**おしえる【教える】**	教授；教導
☐	**おじさん【伯父さん・叔父さん】**	孩子們對一般中年男人的稱呼
☐	**おじさん【伯父さん・叔父さん】**	對伯父、叔父、舅父、姨丈、姑丈的尊稱
☐	**おす【押す】**	不顧
☐	**おす【押す】**	推；擠；壓；按；蓋章
☐	**おす【押す】**	壓倒；強加於人
☐	**おそい【遅い】**	慢，遲緩，不快；趕不上；來不及，晚；過時；遲鈍
☐	**おちゃ【お茶】**	茶水
☐	**おちゃ【お茶】**	茶道
☐	**おてあらい【お手洗い】**	廁所，便所；盥洗室

☐	おとうさん【お父さん】	父親，爸爸，爸
☐	おとうと【弟】	弟弟
☐	おとうと【弟】	後輩
☐	おととい【一昨日】	前天
☐	おとな【大人】	大人；成人，成年人
☐	おとな【大人】	老成
☐	おなか【お腹】	肚子；胃腸
☐	おなじ【同じ】	相同，一樣，同樣；相等，同等；同一個
☐	おにいさん【お兄さん】	老兄，大哥；對年輕男子親切的稱呼
☐	おにいさん【お兄さん】	哥哥，令兄，您哥哥；禮貌地稱呼兄長的用語，亦用於指稱對方的兄長
☐	おねえさん【お姉さん】	小姐
☐	おねえさん【お姉さん】	姐姐，大姐
☐	おねがいします【お願いします】	拜託了
☐	おばあさん【お祖母さん・お婆さん】	祖母，奶奶，外祖母，外婆
☐	おばさん【伯母さん・叔母さん】	大娘；大媽；阿姨
☐	おばさん【伯母さん・叔母さん】	姑母；伯母；叔母；姨母；舅母
☐	おはようございます	早安
☐	おべんとう【お弁当】	便當
☐	おぼえる【覚える】	記住，記得，記憶；學會；領會，掌握，懂得
☐	おぼえる【覚える】	感覺，感到，覺得

☐	**おまわりさん【お巡りさん】**	警察，巡警
☐	**おもい【重い】**	分量重的
☐	**おもい【重い】**	心情沉重的；重要的；嚴重的
☐	**おもしろい【面白い】**	最好的
☐	**おもしろい【面白い】**	愉快的；被吸引的，精彩的，有趣的；滑稽可笑的
☐	**おやすみなさい【お休みなさい】**	晚安
☐	**およぐ【泳ぐ】**	游泳
☐	**およぐ【泳ぐ】**	擠過，穿過
☐	**おりる【下りる】**	下來；降落；排出；卸下，煩惱等沒了；降，下（指露、霜等打下）
☐	**おりる【下りる】**	退出，停止參與事務
☐	**おりる【下りる】**	退位，卸任
☐	**おりる【降りる】**	（從上方）下，下來，降，降落；（從交通工具）下，下來
☐	**おわる【終わる】**	死，死亡
☐	**おわる【終わる】**	完，完畢，結束，告終，終了
☐	**おんがく【音楽】**	音樂

	か	
☐	**かい【回】**	回，次
☐	**かい【階】**	階，階梯
☐	**かい【階】**	（樓房的）層

☐	**がいこく【外国】**	外國，國外，外洋
☐	**がいこくじん【外国人】**	外國人
☐	**かいしゃ【会社】**	公司（上班工作的地方）
☐	**かいだん【階段】**	等級，階段
☐	**かいだん【階段】**	樓梯，階梯
☐	**かいもの【買い物】**	買東西；要買的東西；買到的東西
☐	**かう【買う】**	招致
☐	**かう【買う】**	買，購買
☐	**かう【買う】**	器重
☐	**かえす【返す】**	報答；回答；回敬
☐	**かえす【返す】**	歸還，退掉；送回
☐	**かえす【返す】**	翻過來
☐	**かえる【帰る】**	回歸，回來；回去，歸去
☐	**かお【顔】**	名譽；面子，臉面
☐	**かお【顔】**	表情，面色，神色，樣子
☐	**かお【顔】**	臉；面孔；容貌；人
☐	**かかる【掛かる】**	花費、需要時間、費用、勞動力、體力等
☐	**かかる【掛かる】**	垂掛，懸掛，掛上
☐	**かかる【掛かる】**	陷入，落入，落在…（的）手中
☐	**かかる【掛かる】**	著手，從事
☐	**かかる【掛かる】**	覆蓋
☐	**かぎ【鍵】**	（解決的）關鍵
☐	**かぎ【鍵】**	鎖

☐	**かぎ【鍵】**	鑰匙
☐	**かく【書く】**	記文字、記號或線條等；寫，畫；做文章或創作作品
☐	**かく【描く】**	畫，繪，描繪；描寫，描繪
☐	**がくせい【学生】**	學生
☐	**かげつ【ヶ月】**	…個月
☐	**かける【掛ける】**	打（電話）
☐	**かける【掛ける】**	坐（在…上）；放（在…上）
☐	**かける【掛ける】**	花費，花
☐	**かける【掛ける】**	乘法
☐	**かける【掛ける】**	掛上，懸掛；拉，掛（幕等）
☐	**かける【掛ける】**	開動（機器等）
☐	**かける【掛ける】**	撩（水）；澆；潑；倒，灌
☐	**かける【掛ける】**	戴上；蒙上；蓋上；搭上
☐	**かける【掛ける】**	繫上；捆上
☐	**かける【掛ける】**	繳（款）
☐	**かす【貸す】**	借給，借出，出借；貸給，貸出
☐	**かす【貸す】**	租給，租出，出租；賃（把自己的物品租借給他人使用，並收取金錢）
☐	**かす【貸す】**	幫助，提供；使用自己的智慧、知識、力量或能力為他人服務
☐	**かぜ【風】**	風
☐	**かぜ【風邪】**	感冒；傷風
☐	**かぞく【家族】**	家族，家屬
☐	**がた【方】**	各位，…們

☐	**かたかな【片仮名】**	片假名
☐	**がつ【月】**	月
☐	**がっこう【学校】**	學校
☐	**カップ【cup】**	盛食品的西式杯狀器皿
☐	**カップ【cup】**	量杯
☐	**かど【角】**	角落；角，隅角
☐	**かど【角】**	拐角，轉彎的地方
☐	**かばん**	皮包，提包，公文包
☐	**かびん【花瓶】**	花瓶
☐	**かぶる【被る】**	蒙受，遭受；承擔
☐	**かぶる【被る】**	澆，灌，沖
☐	**かぶる【被る】**	戴；套，穿
☐	**かみ【紙】**	紙；字紙；報紙
☐	**カメラ【camera】**	照相機；攝影機，攝相機
☐	**かようび【火曜日】**	星期二，每週的第三天
☐	**からい【辛い】**	嚴格的；艱難的
☐	**からい【辛い】**	鹹；辣
☐	**からだ【体】**	身體；身子；體格；身材；健康；體力
☐	**かりる【借りる】**	借；借助；租（借）
☐	**がる**	故作，裝出，逞
☐	**がる**	覺得，感覺
☐	**かるい【軽い】**	輕浮，不穩；卑微低賤
☐	**かるい【軽い】**	輕；輕微；簡單；輕鬆，快活

☐	カレンダー【calendar】	日暦
☐	かわ【川・河】	河川
☐	がわ【側】	一側；周圍；旁邊
☐	がわ【側】	方面；立場
☐	かわいい【可愛い】	小巧玲瓏
☐	かわいい【可愛い】	討人喜歡；寶貴的
☐	かんじ【漢字】	漢字

き

☐	き【木】	木頭，木材，木料
☐	き【木】	樹，樹木
☐	きいろい【黄色い】	黄色
☐	きえる【消える】	消失，隱没，看不見；聽不見
☐	きえる【消える】	消除；磨滅（感情或印象變為淡薄而消失）
☐	きえる【消える】	熄滅
☐	きえる【消える】	融化
☐	きく【聞く】	品嘗，鑑賞
☐	きく【聞く】	詢問
☐	きく【聞く】	聽從；答應
☐	きく【聞く】	聽；聽到
☐	きた【北】	北，北方
☐	ギター【guitar】	吉他

☐	きたない【汚い】	不正當的，卑劣的，卑鄙的
☐	きたない【汚い】	吝嗇的，小氣的
☐	きたない【汚い】	難看的，不整齊的，不工整的
☐	きたない【汚い】	髒，骯髒
☐	きっさてん【喫茶店】	茶館，咖啡館
☐	きって【切手】	商品券
☐	きって【切手】	郵票
☐	きっぷ【切符】	票，票證
☐	きのう【昨日】	近來，最近，(最近的)過去
☐	きのう【昨日】	昨天，昨日
☐	きゅう・く【九】	九，九個；第九
☐	ぎゅうにく【牛肉】	牛肉
☐	ぎゅうにゅう【牛乳】	牛奶
☐	きょう【今日】	今天，今日，本日
☐	きょう【今日】	某年、某週的同一天
☐	きょうしつ【教室】	培訓班
☐	きょうしつ【教室】	教室，研究室
☐	きょうだい【兄弟】	兄弟；姐夫，妹夫，弟妹，嫂子
☐	きょうだい【兄弟】	盟兄弟；哥們
☐	きょねん【去年】	去年
☐	きらい【嫌い】	嫌，不願，厭煩，厭惡；嫌惡，討厭
☐	きる【切る】	中斷談話等；中斷、斷絕關係
☐	きる【切る】	切，割，砍，剁，砍傷，割傷，切傷，刺傷

☐	きる【切る】	打破；突破最低限度
☐	きる【切る】	甩去，除去
☐	きる【切る】	洗牌
☐	きる【切る】	轉，拐彎
☐	きる【切る】	關閉
☐	きる【着る】	承受，承擔，擔承
☐	きる【着る】	穿
☐	きれい【綺麗】	完全，徹底，乾乾淨淨
☐	きれい【綺麗】	美麗，漂亮，好看
☐	きれい【綺麗】	潔淨，乾淨
☐	キロ【(法) kilogramme 之略】	公斤，千克，千米
☐	ぎんこう【銀行】	銀行
☐	きんようび【金曜日】	星期五

	く	
☐	くすり【薬】	益處，好處，教訓
☐	くすり【薬】	藥，藥品
☐	ください【下さい】	請給(我)…
☐	くだもの【果物】	水果，鮮果
☐	くち【口】	口；嘴
☐	くち【口】	(進出、上下的)出入口，地方
☐	くち【口】	說話，言語

☐	くつ【靴】	鞋（短靴）；靴（長靴）
☐	くつした【靴下】	襪子
☐	くに【国】	家鄉，老家，故鄉
☐	くに【国】	國，國家
☐	くもる【曇る】	陰天
☐	くもる【曇る】	暗淡，鬱郁不樂
☐	くもる【曇る】	變得模糊不清，朦朧
☐	くらい【暗い】	沉重
☐	くらい【暗い】	沉重的（聲音）
☐	くらい【暗い】	陰沉，不明朗，不歡快
☐	くらい【暗い】	發黑，發暗，深色
☐	くらい【暗い】	黑暗，暗淡，沒有希望
☐	くらい【暗い】	暗，昏暗，黑暗
☐	くらい・ぐらい【位】	一點點，些許，微不足道；表示小看、蔑視的心情
☐	くらい・ぐらい【位】	大約，大概，左右，上下
☐	クラス【class】	等級，階級，階層
☐	クラス【class】	學年，年級，班級
☐	グラス【glass】	玻璃杯；玻璃
☐	グラス【glass】	眼鏡
☐	グラム【（法) gramme】	克，公克
☐	くる【来る】	來，來到，來臨；到來
☐	くるま【車】	車，小汽車
☐	くろい【黒い】	邪惡，不正當

☐	**くろい【黒い】**	黑色，黑；曬成的黑色
☐	**くろい【黒い】**	髒，骯髒

け

☐	**けいかん【警官】**	警察
☐	**けさ【今朝】**	今天早晨（早上），今朝
☐	**けす【消す】**	消失；勾消，抹去
☐	**けす【消す】**	殺掉，幹掉
☐	**けす【消す】**	關掉；熄滅；撲滅
☐	**けっこう【結構】**	不需要
☐	**けっこう【結構】**	足夠；充分
☐	**けっこう【結構】**	漂亮；很好
☐	**けっこん【結婚】**	結婚
☐	**げつようび【月曜日】**	星期一，每週的第二天
☐	**げんかん【玄関】**	正門；前門
☐	**げんき【元気】**	身體結實，健康；硬朗
☐	**げんき【元気】**	精神，精力（充沛），朝氣，銳氣

こ

☐	こ【個】	個，計算物件的量詞
☐	こ【個】	個體，個人，自己自身
☐	ご【五】	五
☐	ご【語】	單詞
☐	コート【coat】	上衣；外套，大衣；女短大衣
☐	コート【coat】	球場
☐	コーヒー【(荷) koffie】	咖啡
☐	こうえん【公園】	公園
☐	こうさてん【交差点】	十字路口，交叉點
☐	こえ【声】	想法；意見；呼聲
☐	こえ【声】	跡象
☐	こえ【声】	語言，話
☐	こえ【声】	聲，聲音；語聲，嗓音；聲音，聲響
☐	ここ【×此処、×此所】	近來，現在
☐	ここ【×此処、×此所】	這裡，這兒；至此
☐	ごご【午後】	午後，下午，下半天，後半天
☐	ここのか【九日】	九天
☐	ここのか【九日】	九日，九號
☐	ここのつ【九つ】	九個，九歲
☐	ごしゅじん【ご主人】	您丈夫，您先生
☐	ごぜん【午前】	上午，中午前

☐	こたえる【答える】	回答，答覆；解答	
☐	ごちそうさまでした 【×御馳走様でした】	我吃飽了，謝謝款待	
☐	こちら【×此方】	我，我們；我方，說話人的一方	
☐	こちら【×此方】	這位，指在身旁的尊長	
☐	こちら【×此方】	這裡，這邊，這方面	
☐	こちらこそ	彼此彼此	
☐	コップ【(荷) kop】	玻璃杯；杯子	
☐	ことし【今年】	今年	
☐	ことば【言葉】	描述的方式；詞語的用法	
☐	ことば【言葉】	語言，單詞	
☐	こども【子ども】	幼稚	
☐	こども【子ども】	自己的兒女	
☐	こども【子ども】	兒童，小孩兒	
☐	この【×此の】	這，這個	
☐	ごはん【ご飯】	米飯；飯食、吃飯的禮貌說法	
☐	コピー【copy】	文稿	
☐	コピー【copy】	影印，拷貝；抄本，謄本，副本	
☐	こまる【困る】	不行，不可以	
☐	こまる【困る】	感覺困難，窘，為難；難辦	
☐	こまる【困る】	窮困	
☐	ごめんください 【御免ください】	有人在家嗎；我能進來嗎	

☐	ごめんください【御免ください】	告辭了
☐	ごめんなさい【御免なさい】	對不起；失禮了；請求原諒
☐	これ【×此れ】	現在，此（時）
☐	これ【×此れ】	這，此；這麼，這樣
☐	これ【×此れ】	這個人，此人
☐	ごろ【頃】	…時分，…前後，…左右
☐	ころ・ごろ【頃】	正好的時候，正合適的時候（程度）
☐	こんげつ【今月】	本月，當月，這個月
☐	こんしゅう【今週】	本星期，這個星期，這個禮拜，這週，本週
☐	こんな	這樣的，這麼，如此
☐	こんにちは【今日は】	你好，您好，你們好
☐	こんばん【今晩】	今宵，今晚，今天晚上，今夜
☐	こんばんは【今晩は】	晚上好，你好

さ		
☐	さあ	表示如願以償時的喜悦
☐	さあ	表示自己的決心
☐	さあ	表示難以判斷，不能明確回答
☐	さあ	表示勸誘或催促
☐	さい【歳】	歲，年歲
☐	さいふ【財布】	錢包，錢袋；腰包

☐	さき【先】	下文，接著後面的部分
☐	さき【先】	去處，目的地
☐	さき【先】	尖兒，尖端，頭兒，末梢
☐	さき【先】	前方，前面，那面，往前
☐	さき【先】	前程
☐	さき【先】	前頭，最前部
☐	さく【咲く】	開（花）
☐	さくぶん【作文】	作文，（寫）文章，亦指其文章；空談闊論
☐	さす【差す】	上漲，浸潤
☐	さす【差す】	打，撐，舉，撐開傘等
☐	さす【差す】	透露，泛出，呈現
☐	さす【差す】	發生，起
☐	さす【差す】	照射
☐	さつ【冊】	本，個，冊，部
☐	ざっし【雑誌】	雜誌；期刊
☐	さとう【砂糖】	白糖，砂糖
☐	さむい【寒い】	冷，寒冷
☐	さよなら・さようなら	告別，送別；再會，再見
☐	さら【皿】	（單位）碟，盤
☐	さらいねん【再来年】	後年
☐	さん	…先生，女士，小，老
☐	さん【三】	三（數字）
☐	さんぽ【散歩】	散步，隨便走走

	し【四】	四方，四周
	し【四】	四（數字）；四個
	じ【時】	點；點鐘；時；時刻
	しお【塩】	食鹽；鹹度
	しかし	然而，可是
	じかん【時間】	時間；工夫；時刻；鐘點；授課時間
	しごと【仕事】	工作；活兒，事情；職業，職務
	じしょ【辞書】	辭典
	しずか【静か】	平靜，安靜，沉靜，文靜
	しずか【静か】	輕輕，慢慢
	しずか【静か】	靜止，不動
	しずか【静か】	靜，寂靜，沉寂，肅靜，靜悄悄，清靜，平靜
	した【下】	下，下面
	した【下】	年紀小
	した【下】	低，劣，差
	した【下】	（程度）低；（地位）低下
	した【下】	裡邊，內，裡
	しち【七】	七（數字）
	しつもん【質問】	質詢；詢問，提問；問題
	しつれいしました【失礼しました】	失陪了，告辭了；不能奉陪

□	しつれいしました 【失礼しました】	對不起；失禮，請原諒
□	しつれいします 【失礼します】	失陪了，告辭了；不能奉陪
□	しつれいします 【失礼します】	對不起；失禮，請原諒
□	じてんしゃ【自転車】	自行車，腳踏車，單車
□	しぬ【死ぬ】	死，死亡
□	しぬ【死ぬ】	死板；不起作用
□	じびき【字引】	字典，辭典，詞典，辭書
□	じぶん【自分】	自己，自個兒，自身，本人
□	じぶん【自分】	我
□	しまる【閉まる】	閉，被關閉，被緊閉
□	しめる【閉める】	關閉，合上；掩上
□	しめる【締める】	合計；結算
□	しめる【締める】	勒緊，繫緊；束緊；繃緊
□	しめる【締める】	嚴責，教訓
□	じゃ・じゃあ	那麼
□	シャツ【shirt】	（西式）襯衫，襯衣，西裝襯衫；汗衫，内衣
□	シャワー【shower】	淋浴器；淋浴
□	じゅう【十】	十歲
□	じゅう【十】	（數字）十，十個
□	じゅう【中】	全，整
□	しゅうかん【週間】	一個星期，一個禮拜

☐	しゅうかん【週間】	週間
☐	じゅぎょう【授業】	授課，教課，講課，上課
☐	しゅくだい【宿題】	有待將來解決的問題，懸案
☐	しゅくだい【宿題】	課外作業
☐	じょうず【上手】	好，高明，擅長，善於，拿手，能手
☐	じょうず【上手】	善於奉承，會說話
☐	じょうぶ【丈夫】	健康，壯健
☐	じょうぶ【丈夫】	堅固，結實
☐	しょうゆ【醬油】	醬油
☐	しょくどう【食堂】	食堂，餐廳
☐	しる【知る】	知道；知曉；懂得；理解
☐	しる【知る】	認識；熟識
☐	しろい【白い】	白色
☐	しろい【白い】	空白
☐	しろい【白い】	乾淨，潔白
☐	じん【人】	…人（專門、特定的人）
☐	しんぶん【新聞】	報紙，報

す

☐	すいようび【水曜日】	星期三，禮拜三
☐	すう【吸う】	吸收
☐	すう【吸う】	吸，吸入（氣體或液體等）
☐	すう【吸う】	吮，吮吸，嘬，啜，喝
☐	スカート【skirt】	裙子
☐	すき【好き】	喜好，喜愛，愛好，嗜好
☐	すき【好き】	隨心所欲，隨意
☐	すぎ【過ぎ】	超過；…多
☐	すぎ【過ぎ】	過度，太；過分
☐	すぐ	（性格）正直，耿直
☐	すぐ	馬上，立刻
☐	すぐ	（距離）極近，非常，緊
☐	すくない【少ない】	不多的；年歲小的
☐	すこし【少し】	一點，有點，些、少許，少量，稍微
☐	すずしい【涼しい】	明亮，清澈
☐	すずしい【涼しい】	涼快，涼爽
☐	ずつ	固定的數量反覆出現；固定的同數量分配
☐	ストーブ【stove】	爐子，火爐，暖爐
☐	スプーン【spoon】	湯匙，勺子，調羹
☐	ズボン【(法)jupon】	西服褲，褲子
☐	すみません	勞駕，對不起，借過

☐	すみません	對不起，抱歉
☐	すみません	勞駕，對不起，謝謝
☐	すむ【住む】	居住，住；棲息，生存
☐	スリッパ【slipper】	拖鞋
☐	する	決定
☐	する	使某種狀態變化
☐	する	值…錢
☐	する	做，幹，辦
☐	する	感覺到聲、色、形、味等，有…的感覺
☐	する	經過…時間
☐	すわる【座る】	坐；跪坐
☐	すわる【座る】	居某地位，占據席位

せ

☐	セーター【sweater】	毛衣，毛線上衣
☐	せいと【生徒】	學生
☐	せ・せい【背】	山脊，嶺巔
☐	せ・せい【背】	身長，身高，身材，個子
☐	せ・せい【背】	後方，背景
☐	せ・せい【背】	脊背，後背，脊梁
☐	せっけん【石鹸】	肥皂；藥皂
☐	せびろ【背広】	西裝，普通西服

☐	**せまい【狭い】**	狹隘，淺陋
☐	**せまい【狭い】**	窄；狹小；狹窄
☐	**せまい【狭い】**	（精神上）心胸不寬廣，肚量小
☐	**ゼロ【zero】**	無價值，不足取
☐	**ゼロ【zero】**	無，沒有
☐	**ゼロ【zero】**	零（數學）；零分（體育）
☐	**せん【千】**	千，100 的 10 倍
☐	**せん【千】**	數量多
☐	**せんげつ【先月】**	上月，上個月
☐	**せんしゅう【先週】**	上星期，上週
☐	**せんせい【先生】**	律師；議員
☐	**せんせい【先生】**	教師，教員，老師；師傅
☐	**せんせい【先生】**	醫生；大夫
☐	**せんたく【洗濯】**	洗，洗衣服，洗滌
☐	**ぜんぶ【全部】**	全部，都；整套書籍

そ

☐	**そう**	那樣
☐	**そうじ【掃除】**	打掃，掃除
☐	**そうじ【掃除】**	清除
☐	**そうして・そして**	然後；而且；而；又
☐	**そこ【×其処、×其所】**	那兒，那裡，那邊；那一點；那時

☐	そちら【×其方】	那邊，那個
☐	そちら【×其方】	指示在對方身邊的人
☐	そちら【×其方】	您，您的家人
☐	そと【外】	外面，外頭（家以外的地方）
☐	そと【外】	外部，外人
☐	そと【外】	外邊，外面（相對於裡的）
☐	そと【外】	社會，外界
☐	そと【外】	表面（相對於內心的）
☐	その【×其の】	那，那個；那件事
☐	その【×其の】	那個嘛
☐	そば【側・傍】	旁觀，局外
☐	そば【側・傍】	側，旁邊，附近
☐	そら【空】	天，天空，空中
☐	そら【空】	天，天氣
☐	それ【×其れ】	那個；那件事
☐	それ【×其れ】	嗨，喂，瞧
☐	それから	其次，接著，以後，而且
☐	それから	請談下去，往下講；後來又怎樣
☐	それから	還有，再加上
☐	それで	因此，因而，所以
☐	それで	那麼，後來（催促對方繼續說下去的用語）

た

☐	だい【台】	大致的數量範圍
☐	だい【台】	載人或物的器物
☐	だい【台】	輛，架，台（計數車輛或機器等的量詞）
☐	だいじょうぶ【大丈夫】	牢固，可靠
☐	だいじょうぶ【大丈夫】	放心，不要緊，沒錯
☐	だいすき【大好き】	最喜歡，非常喜愛，最愛
☐	たいせつ【大切】	心愛，珍惜；保重
☐	たいせつ【大切】	要緊，重要；貴重
☐	たいせつ【大切】	貴重，寶貴；價值很高
☐	たいてい【大抵】	一般，普通，容易
☐	たいてい【大抵】	大抵，大都，大部分，差不多，大約，一般
☐	たいてい【大抵】	大概，多半
☐	だいどころ【台所】	經濟狀況，錢款籌畫，生計，家計
☐	だいどころ【台所】	廚房，伙房；燒飯做菜的屋子
☐	たいへん【大変】	大事變，大事故，大變動
☐	たいへん【大変】	太費勁，真夠受的
☐	たいへん【大変】	非常；很；太
☐	たいへん【大変】	重大，嚴重，厲害，夠受的，不得了，了不得
☐	たかい【高い】	名聲高
☐	たかい【高い】	金額大
☐	たかい【高い】	高的（個子、地位，程度，鼻子等）

☐	たかい【高い】	聲音大
☐	たくさん【沢山】	充分
☐	たくさん【沢山】	很多（數量）
☐	タクシー【taxi】	計程車；出租汽車
☐	だけ	只，只有，僅僅，就（表限定）
☐	だけ	只，只要，光，就（表被限定的條件）
☐	だけ	盡量，盡可能，盡所有
☐	だす【出す】	出；送；拿出，取出；掏出
☐	だす【出す】	出（錢）；供給；花費；供給（物品）；供應（人力、物品）；發（獎金）
☐	だす【出す】	加速
☐	だす【出す】	伸出；挺出；探出
☐	だす【出す】	冒出（芽等）
☐	だす【出す】	寄；發
☐	だす【出す】	掛，懸
☐	だす【出す】	登，刊載，刊登；發表
☐	だす【出す】	開店
☐	だす【出す】	達成（紀錄）
☐	たち【達】	們，等，等等
☐	たつ【立つ】	出發，動身
☐	たつ【立つ】	立，站
☐	たつ【立つ】	行動起來；奮起
☐	たつ【立つ】	冒，升，起
☐	たつ【立つ】	離開；退

☐	**たてもの【建物】**	房屋；建築物
☐	**たのしい【楽しい】**	快樂，愉快，高興
☐	**たのむ【頼む】**	委托，托付（托付別人為自己做某事）
☐	**たのむ【頼む】**	請求，懇求，囑託（懇請別人能按自己所希望的那樣去做）
☐	**たのむ【頼む】**	請，雇
☐	**たばこ【煙草】**	菸草，菸
☐	**たぶん【多分】**	大量，多
☐	**たぶん【多分】**	大概，或許
☐	**たべもの【食べ物】**	食物，吃食，吃的東西
☐	**たべる【食べる】**	生活
☐	**たべる【食べる】**	吃
☐	**たまご【卵】**	未成熟者；尚未成形
☐	**たまご【卵】**	動物卵的總稱
☐	**たまご【卵】**	雞蛋
☐	**だれ【誰】**	某人；有人
☐	**だれか【誰か】**	某人；有人
☐	**たんじょうび【誕生日】**	生日，生辰
☐	**だんだん【段々】**	漸漸
☐	**だんだん【段段】**	樓梯；出入口的石階，台階

	ち	
☐	**ちいさい【小さい】**	小的
☐	**ちいさい【小さい】**	幼小的
☐	**ちいさい【小さい】**	（度量）狹小的
☐	**ちいさい【小さい】**	微少的；瑣碎的
☐	**ちいさい【小さい】**	（聲音）低的
☐	**ちかい【近い】**	近似；近乎…，近於
☐	**ちかい【近い】**	（距離、時間）近；接近，靠近，靠；快，將近
☐	**ちかい【近い】**	（關係）近；親近，親密，密切
☐	**ちがう【違う】**	不同，不一樣；不一
☐	**ちがう【違う】**	不對，錯
☐	**ちがう【違う】**	違背，相反，不一致；不符，不符合
☐	**ちかく【近く】**	不久，近期，即將
☐	**ちかく【近く】**	近乎，將近，幾乎，快，快了
☐	**ちかく【近く】**	近處，近旁，附近
☐	**ちかてつ【地下鉄】**	地下鐵道，地鐵
☐	**ちゃいろ【茶色】**	茶色；略帶黑色的紅黃色，褐色
☐	**ちゃわん【茶碗】**	陶瓷器的總稱
☐	**ちゃわん【茶碗】**	碗，茶杯，飯碗
☐	**ちゅう【中】**	正在…，正在…中
☐	**ちゅう【中】**	裡，…之中，…之內
☐	**ちょうど【丁度】**	正好，恰好

☐	ちょうど【丁度】	整，正
☐	ちょっと【一寸】	一會兒，一下；暫且（表示數量不多，程度不深，時間很短等）
☐	ちょっと【一寸】	不太容易，表示沒那麼簡單
☐	ちょっと【一寸】	相當，頗
☐	ちょっと【一寸】	喂
☐	ちょっと【一寸】	試試，看看，以輕鬆的心情做事

つ

☐	ついたち【一日】	一號，一日（一個月的第一天）
☐	つかう【使う】	說，使用（某種語言）
☐	つかう【使う】	使用（人）；雇佣
☐	つかう【使う】	使，用，使用
☐	つかう【使う】	花費；消費
☐	つかう【使う】	擺弄，耍弄，玩弄
☐	つかう【使う】	贈送；給
☐	つかれる【疲れる】	用舊
☐	つかれる【疲れる】	累，乏
☐	つぎ【次】	下次，下回；其次，第二；下一（個）；下面；接著
☐	つぎ【次】	次，第二；其次，次等
☐	つぎ【次】	接二連三（地）；接連不斷（地）
☐	つく【着く】	到，到達，抵達

☐	つく【着く】	寄到；運到
☐	つく【着く】	達到；夠著
☐	つくえ【机】	桌子；書桌，書案；辦公桌；寫字台；案
☐	つくる【作る】	生育；耕種；栽培；培養；培育
☐	つくる【作る】	做；造；製造；建造；鑄造
☐	つくる【作る】	創造；寫；做（詩歌，文章等）
☐	つくる【作る】	賺得，掙下
☐	つける【点ける】	打開
☐	つける【点ける】	點（火），點燃
☐	つとめる【勤める】	工作，做事，上班；任職
☐	つとめる【勤める】	服侍；照料
☐	つまらない	無趣，沒趣，沒意思，無聊
☐	つまらない	沒有價值，不值錢
☐	つめたい【冷たい】	（接觸時感覺溫度非常低的樣子）冷；涼
☐	つめたい【冷たい】	對對方漠不關心；冷淡；冷漠；冷遇
☐	つよい【強い】	堅硬的
☐	つよい【強い】	強壯的；強而有力的
☐	つよい【強い】	強烈的
☐	つよい【強い】	擅長的

	て	
☐	て【手】	手；手掌；臂，胳膊，胳臂，臂
☐	テープ【tape】	磁帶；錄音帶
☐	テープ【tape】	膠帶，窄帶，線帶，布帶，紙帶
☐	テーブル【table】	桌子，台子（桌），飯桌，餐桌
☐	テープレコーダー【taperecorder】	磁帶錄音機
☐	でかける【出掛ける】	出去，出門，走，到…去
☐	てがみ【手紙】	信，書信，函，尺牘，書札
☐	できる【出来る】	出色、有修養、有才能、成績好
☐	できる【出来る】	出產作物等
☐	できる【出来る】	形成，出現
☐	できる【出来る】	（男女）搞到一起，搞上
☐	できる【出来る】	做出，建成
☐	できる【出来る】	產，有
☐	できる【出来る】	發生
☐	でぐち【出口】	出口
☐	テスト【test】	試驗，測驗，考試，檢驗
☐	では	如果那樣，要是那樣，那麼，那麼說
☐	デパート【departmentstore】	百貨商店，百貨公司
☐	では、おげんきで【ではお元気で】	那麼，請多保重
☐	では、また	那麼，再見

☐	でも	但是，可是，不過
☐	でる【出る】	出，出去，出來
☐	でる【出る】	出來；出現
☐	でる【出る】	出發
☐	でる【出る】	刊登
☐	でる【出る】	走出，畢業
☐	でる【出る】	到達，通達
☐	でる【出る】	參加
☐	でる【出る】	提供飲料、食物
☐	でる【出る】	賣出，銷出
☐	でる【出る】	露出，突出
☐	テレビ【television 之略】	電視（機）
☐	てんき【天気】	天氣
☐	てんき【天気】	心情
☐	てんき【天気】	晴天，好天氣
☐	でんき【電気】	電，電氣；電力
☐	でんき【電気】	電燈
☐	でんしゃ【電車】	電車
☐	でんわ【電話】	電話；電話機

と

☐	と【戸】	門；(玄關的)大門；拉門；窗戶；板窗
☐	ど【度】	次數，回數
☐	ど【度】	角度
☐	ど【度】	期間
☐	ど【度】	溫度
☐	ど【度】	經度，緯度
☐	ど【度】	度數
☐	ドア【door】	門；扉
☐	トイレ【toilet】	廁所
☐	どう	怎麼，怎麼樣；如何
☐	どういたしまして	不用謝，不敢當，算不了什麼，哪兒的話呢
☐	どうして	為什麼，何故
☐	どうして	唉呀唉呀；豈止，豈料，意外，相反
☐	どうぞ	請(指示對方)
☐	どうぞ	請，可以(同意)
☐	どうぞよろしく	請多關照
☐	どうぶつ【動物】	動物，獸
☐	どうも	很(表示感謝或歉意)
☐	どうも	怎麼也
☐	どうも	實在，真
☐	どうも	總覺得，似乎，好像

☐	どうもありがとうございました	謝謝
☐	とお【十】	十，十個
☐	とお【十】	十歲
☐	とおい【遠い】	恍惚，不清
☐	とおい【遠い】	遠
☐	とおい【遠い】	遠，久遠；從前
☐	とおい【遠い】	遠，疏遠
☐	とおい【遠い】	聲音不清
☐	とおか【十日】	十天
☐	とおか【十日】	十號，十日，初十
☐	とき【時】	（某個）時候
☐	とき【時】	時期；季節
☐	とき【時】	（時間）時間
☐	とき【時】	情況，時候
☐	ときどき【時々】	偶然的
☐	とけい【時計】	鐘，錶
☐	どこ	何處，哪裡，哪兒
☐	どこ	怎麼；哪裡
☐	ところ【所】	地方，地區；當地，鄉土
☐	ところ【所】	住處，家
☐	とし【年】	年
☐	とし【年】	年代

☐	とし【年】	歲月；光陰
☐	とし【年】	歲；年齡
☐	としょかん【図書館】	圖書館
☐	どちら	哪個
☐	どちら	哪邊，哪面，哪兒
☐	とても	非常，很，挺
☐	とても	無論如何也…；怎麼也…
☐	どなた	誰，哪位
☐	となり【隣】	旁邊；隔壁；鄰室；鄰居，鄰家
☐	となり【隣】	鄰人
☐	となり【隣】	鄰邦，鄰國
☐	どの	哪個，哪
☐	とぶ【飛ぶ】	化為烏有，盡，斷
☐	とぶ【飛ぶ】	飛，飛翔，飛行；吹起，颳跑，飄飛，飄落，飛散；濺；越過，跳過
☐	とぶ【飛ぶ】	跑到很遠的地方，逃往遠方；(離題)很遠，遠離
☐	とぶ【飛ぶ】	傳播，傳開
☐	とぶ【飛ぶ】	趕快跑，快跑，飛跑
☐	とまる【止まる】	止住，止息，停頓
☐	とまる【止まる】	停止不動了，停住，停下，站住
☐	とまる【止まる】	堵塞，堵住，斷，中斷，不通，走不過去
☐	ともだち【友達】	朋友，友人
☐	どようび【土曜日】	星期六，禮拜六

☐	とり【鳥】	鳥，禽
☐	とり【鳥】	禽肉；禽類的肉，尤指雞肉
☐	とりにく【鶏肉・鳥肉】	雞肉
☐	とる【取る】	吃
☐	とる【取る】	堅持（主張）
☐	とる【取る】	拿；取，執，握，攥；把住，抓住
☐	とる【取る】	奪取，強奪，強占，吞併
☐	とる【取る】	操作，操縦
☐	とる【撮る】	攝影，攝像，照相，拍
☐	どれ	哪個，哪一個
☐	どんな	怎樣，怎麼樣；如何；哪樣的，什麼樣的

な

☐	ない【無い】	沒有，没，無
☐	ナイフ【knife】	小刀，餐刀
☐	なか【中】	中，中間；中央，當中
☐	なか【中】	中，當中
☐	なか【中】	裡邊，内部
☐	ながい【長い】	不慌不忙的，慢悠悠的，悠閒的（精神上有持續力）
☐	ながい【長い】	長久的
☐	ながい【長い】	長的，遠的

☐	**ながら**	一邊…（一）邊…，一面…一面
☐	**ながら**	照舊，如故，一如原樣
☐	**ながら**	雖然…但是卻…，盡管…卻…
☐	**なく【鳴く】**	啼，鳴叫
☐	**なくす【無くす】**	消滅，去掉
☐	**なくす【無くす】**	丟，丟失，丟掉；喪失，失掉
☐	**なぜ【何故】**	為什麼；如何；怎麼樣
☐	**なつ【夏】**	夏，夏天，夏季
☐	**なつやすみ【夏休み】**	暑假
☐	**など【等】**	等等，之類，什麼的
☐	**なな【七】**	七，七個，第七
☐	**ななつ【七つ】**	七，七個；七歲
☐	**なに・なん【何】**	什麼（表驚訝）
☐	**なに・なん【何】**	什麼（用於想詢問清楚時）
☐	**なに・なん【何】**	什麼，何；哪個
☐	**なに・なん【何】**	若干；多少；幾
☐	**なに・なん【何】**	哪裡，沒什麼
☐	**なのか【七日】**	七天，七日
☐	**なのか【七日】**	七號，七日，每月的第七天
☐	**なまえ【名前】**	（給事物取的）名，名字
☐	**なまえ【名前】**	人名；姓名
☐	**ならう【習う】**	學習；練習
☐	**ならぶ【並ぶ】**	比得上，倫比，匹敵

☐	ならぶ【並ぶ】	排；排成（行列），列隊
☐	ならべる【並べる】	一個接一個提出，擺，列舉，羅列
☐	ならべる【並べる】	比較
☐	ならべる【並べる】	排列；並排，橫排
☐	ならべる【並べる】	擺，陳列
☐	なる【成る】	到了某個階段
☐	なる【為る】	做好；完成
☐	なる【成る】	組成
☐	なる【為る】	變成

に

☐	に【二】	二，兩個
☐	にぎやか【×賑やか】	極其開朗，熱鬧，熙熙攘攘，繁華，繁盛
☐	にく【肉】	肉
☐	にく【肉】	肌肉
☐	にし【西】	西，西方；西天，淨土
☐	にち【日】	天，日
☐	にち【日】	日本的簡稱
☐	にち【日】	星期天的簡稱
☐	にち【日】	第…天
☐	にちようび【日曜日】	星期天，星期日，週日，每週的第一天
☐	にもつ【荷物】	負擔，累贅

☐	にもつ【荷物】	貨物，行李
☐	ニュース【news】	消息，新聞；稀奇事
☐	にわ【庭】	庭院
☐	にん【人】	人
☐	にん【人】	單位量詞；名，人，個（人）

ぬ

☐	ぬぐ【脱ぐ】	脱；摘掉

ね

☐	ネクタイ【necktie】	領帶
☐	ねこ【猫】	貓
☐	ねる【寝る】	因病臥床
☐	ねる【寝る】	男女行房
☐	ねる【寝る】	睡眠
☐	ねる【寝る】	躺下；倒伏
☐	ねん【年】	年，一年

の

☐	ノート【notebook 之略】	筆記本，本子
☐	ノート【notebook 之略】	筆記；備忘錄
☐	のぼる【登る】	上，登；攀登；（溫度）上升
☐	のぼる【登る】	進京
☐	のぼる【登る】	達到，高達
☐	のみもの【飲み物】	飲料
☐	のむ【飲む】	吞下去
☐	のむ【飲む】	吞（聲）；飲（泣）
☐	のむ【飲む】	喝；咽；吃
☐	のむ【飲む】	（無可奈何地）接受
☐	のむ【飲む】	藐視，不放在眼裡；壓倒
☐	のる【乗る】	上當，受騙
☐	のる【乗る】	合拍，配合
☐	のる【乗る】	乘坐；騎；坐，上，搭乘
☐	のる【乗る】	乘勢，乘機
☐	のる【乗る】	參與，參加
☐	のる【乗る】	登，上

は

☐	は【歯】	齒，牙，牙齒
☐	パーティー【party】	（社交性或娛樂性）會，集會；茶會，舞會，晚會，聯歡會，聚餐會
☐	はい	唉；有，到，是（應答）
☐	はい	喂，好
☐	はい【杯】	酒杯
☐	はい【杯】	碗，匙，杯，桶，只
☐	はいざら【灰皿】	菸灰碟，菸灰缸
☐	はいる【入る】	出現、產生裂紋等
☐	はいる【入る】	加入（成為組織的一員）；進入；硬加入，擠入
☐	はいる【入る】	在內，歸入，有，含有（包括在其範圍內）
☐	はいる【入る】	為感官所感知
☐	はいる【入る】	得到，到手，收入，入主，變為自己所有
☐	はいる【入る】	備好茶，茶已準備好
☐	はいる【入る】	進，入（到達某時期或某階段）
☐	はいる【入る】	進，入，進入；裝入，容納，放入
☐	はいる【入る】	飲（酒）
☐	はいる【入る】	精力充沛
☐	はがき【葉書】	明信片
☐	はく【履く・穿く】	穿
☐	はこ【箱】	客車車廂
☐	はこ【箱】	箱子；盒子；匣子

☐	はし【箸】	筷子，箸
☐	はし【橋】	橋，橋梁，天橋
☐	はじまる【始まる】	犯（老毛病）
☐	はじまる【始まる】	起源，緣起
☐	はじまる【始まる】	發生，引起
☐	はじまる【始まる】	開始
☐	はじめ【初め】	最初，起初
☐	はじめ【初め】	開始；開頭
☐	はじめて【初めて】	初次，第一次
☐	はじめまして【初めまして】	初次見面
☐	はじめる【始める】	犯（老毛病）
☐	はじめる【始める】	起來，開始
☐	はじめる【始める】	開創，創辦
☐	はしる【走る】	奔流
☐	はしる【走る】	通往，通向；貫串；走向
☐	はしる【走る】	跑；逃走，逃跑
☐	はしる【走る】	傾向，偏重於
☐	バス【bus】	公共汽車
☐	バス【bathroom 之略】	（西式）浴室，洗澡間
☐	バター【butter】	奶油
☐	はたち【二十歳】	二十歲
☐	はたらく【働く】	工作；勞動，做工
☐	はたらく【働く】	活動

☐	はたらく【働く】	起作用
☐	はち【八】	八
☐	はつか【二十日】	二十天
☐	はつか【二十日】	二十號〔日〕
☐	はな【花】	花；櫻花；梅花
☐	はな【花】	（給藝人的）賞錢；（給藝妓的）酬金
☐	はな【花】	華麗，華美；光彩；精華
☐	はな【花】	黃金時代，最美好的時期
☐	はな【鼻】	鼻子
☐	はなし【話】	商談
☐	はなし【話】	傳說，傳聞
☐	はなし【話】	話題
☐	はなし【話】	說話；講話；談話
☐	はなす【話す】	說明，告訴
☐	はなす【話す】	說，講；說（某種語言）
☐	はなす【話す】	談話，商量
☐	はは【母】	母，母親
☐	はやい【早い】	早的
☐	はやい【早い】	簡單，簡便
☐	はやい【速い】	快速的
☐	はやい【速い】	急速；動作迅速
☐	はやい【速い】	敏捷的；靈活的
☐	はる【春】	青春期；極盛時期

☐	はる【春】	春，春天
☐	はる【春】	新的一年，新春
☐	はる【貼る】	釘上去
☐	はる【貼る】	黏，貼，糊
☐	はれる【晴れる】	消散；停止，消散
☐	はれる【晴れる】	晴，放晴
☐	はれる【晴れる】	暢快，愉快
☐	はん【半】	半；全部的一半
☐	はん【半】	表示中途，一半，不徹底的意思
☐	ばん【番】	看
☐	ばん【番】	班，輪班
☐	ばん【番】	第…號
☐	ばん【番】	號；盤
☐	ばん【晩】	晚，晚上；傍晚，日暮，黃昏
☐	ばん【晩】	晚飯，晚餐
☐	パン【(葡) pão】	麵包
☐	ハンカチ【handkerchief】	手帕
☐	ばんごう【番号】	號碼，號數，號頭
☐	ばんごはん【晩ご飯】	晚飯
☐	はんぶん【半分】	一半，二分之一

ひ

☐	ひがし【東】	東，東方
☐	ひき【匹】	頭，隻，條，尾；計數獸、鳥、魚、蟲等的量詞
☐	ひく【引く】	引用（詞句）；舉（例）
☐	ひく【引く】	引進（管、線），安裝（自來水等）；架設（電線等）
☐	ひく【引く】	引誘，吸引；招惹
☐	ひく【引く】	拉，曳；牽；拖；圍上，拉上
☐	ひく【引く】	抽回，收回（手、腳）
☐	ひく【引く】	查（字典）
☐	ひく【引く】	消失；退，後退；落，減退
☐	ひく【引く】	患，得
☐	ひく【引く】	減去，削減，扣除；減價
☐	ひく【引く】	畫（線）；描（眉）；製（圖
☐	ひく【引く】	塗，敷，塗上一層
☐	ひく【引く】	撒（手）；脫（身），擺脫（退出，離開，切斷關係）
☐	ひく【引く】	辭去，辭退
☐	ひく【弾く】	彈奏
☐	ひくい【低い】	（身分等）低微，低賤，微賤
☐	ひくい【低い】	（高度）低；矮
☐	ひくい【低い】	（聲音）低，小
☐	ひこうき【飛行機】	飛機

☐	ひだり【左】	左手
☐	ひだり【左】	左，左面
☐	ひだり【左】	左派，左傾，急進
☐	ひと【人】	人
☐	ひと【人】	人；人類
☐	ひとつ【一つ】	一個；一人；一歲
☐	ひとつ【一つ】	相同；一樣
☐	ひとつ【一つ】	第一；一項
☐	ひとつき【一月】	一個月
☐	ひとり【一人】	一人，一個人
☐	ひま【暇】	休假，假
☐	ひま【暇】	時間，工夫
☐	ひま【暇】	閒空，餘暇，閒工夫
☐	ひま【暇】	閒散
☐	ひま【暇】	解雇，辭退
☐	ひゃく【百】	百，一百
☐	ひゃく【百】	許多，好幾百
☐	びょういん【病院】	醫院；病院
☐	びょうき【病気】	病，疾病，病症，疾患
☐	ひらがな【平仮名】	平假名
☐	ひる【昼】	午飯，中飯
☐	ひる【昼】	白天，白晝；中午，正午
☐	ひるごはん【昼ご飯】	午飯

☐	**ひろい【広い】**	放開的
☐	**ひろい【広い】**	度量寬廣
☐	**ひろい【広い】**	寬闊
☐	**ひろい【広い】**	廣泛

ふ

☐	**フィルム【film】**	影片，電影
☐	**フィルム【film】**	膠卷，膠片，底片（軟片）
☐	**ふうとう【封筒】**	信封，封套
☐	**プール【pool】**	人造游泳池
☐	**フォーク【fork】**	叉子，肉叉
☐	**ふく【吹く】**	風吹，風颳
☐	**ふく【吹く】**	吹（氣）
☐	**ふく【吹く】**	草木發芽
☐	**ふく【吹く】**	鑄造
☐	**ふく【服】**	衣服，西服
☐	**ぷく【服】**	服，付，回（喝的次數）；原本唸「ふく」
☐	**ふたつ【二つ】**	兩個；兩歲
☐	**ふたつ【二つ】**	第二，二則
☐	**ぶたにく【豚肉】**	豬肉
☐	**ふたり【二人】**	二人，兩個人；一對
☐	**ふつか【二日】**	二號，二日；初二

☐	ふつか【二日】	兩天
☐	ふとい【太い】	（外圍）粗；肥胖的
☐	ふとい【太い】	無恥；不要臉；（膽子）大
☐	ふとい【太い】	（聲音）粗
☐	ふゆ【冬】	冬天
☐	ふる【降る】	事情集中而來
☐	ふる【降る】	（雨、雪等）下
☐	ふるい【古い】	不新鮮
☐	ふるい【古い】	落後，老式，舊，陳舊，陳腐，過時
☐	ふるい【古い】	舊的，年久，古老，陳舊
☐	ふろ【風呂】	洗澡
☐	ふろ【風呂】	洗澡用熱水
☐	ふろ【風呂】	澡盆；浴池
☐	ふん【分】	分（角度及貨幣的計算單位）
☐	ふん【分】	分（時間的單位）

へ		
☐	ページ【page】	頁；書、筆記本中紙張的一面；亦指表示其順序的數字
☐	へた【下手】	不慎重，不小心，馬虎
☐	へた【下手】	笨拙（的人），不高明（的人）
☐	ベッド【bed】	床

☐	へや【部屋】	房間，屋子，…室，…間
☐	へん【辺】	一帶
☐	へん【辺】	國境
☐	へん【辺】	程度
☐	へん【辺】	數學上的邊
☐	ペン【pen】	筆，鋼筆，自來水筆
☐	べんきょう【勉強】	用功學習，用功讀書；學習知識，積累經驗
☐	べんきょう【勉強】	廉價，賤賣
☐	べんり【便利】	便利，方便；便當

ほ

☐	ほう【方】	（方位）方，方向
☐	ほう【方】	方面（同時存在的眾多事物中的某一方、某一邊）
☐	ぼうし【帽子】	帽子
☐	ボールペン【ballpointpen】	原子筆
☐	ほか【他】	別的，另外，其他，其餘
☐	ほか【外】	別處，別的地方，外部
☐	ポケット【pocket】	口袋，衣袋，衣兜，兜兒，兜子
☐	ポケット【pocket】	袖珍，小型
☐	ポスト【post】	地位；工作崗位，職位（地位）

□	ポスト【post】	郵筒，信筒，信箱
□	ほそい【細い】	微少（不繁盛、鮮少的樣子）；微弱
□	ほそい【細い】	細，纖細；狹窄，窄
□	ほそい【細い】	微細，低小（聲音高、但不響亮）
□	ぼたん【牡丹】	牡丹花
□	ボタン【(葡) botão／button】	按鍵
□	ボタン【(葡) botão／button】	鈕扣，扣子
□	ホテル【hotel】	賓館；飯店；旅館
□	ほん【本】	書；書本，書籍
□	ほん【本】	條，隻，支；卷；棵，根；瓶
□	ほんだな【本棚】	書架
□	ほんとう【本当】	真，真的，真正
□	ほんとう【本当】	實在，的確，真正，實際
□	ほんとうに【本当に】	真，真的，真正

ま

□	まい【枚】	片，張，塊，件，幅，扇，個
□	まいあさ【毎朝】	每天早晨（早上）
□	まいげつ・まいつき【毎月】	每月
□	まいしゅう【毎週】	每週，每星期，每個禮拜

147

☐	まいとし・まいねん【毎年】	每年
☐	まいにち【毎日】	每天，每日，天天
☐	まいばん【毎晩】	每晚，每天晚上
☐	まえ【前】	前；上，上次，上回
☐	まえ【前】	前，以前，先（比某個時刻更早）
☐	まえ【前】	前，前面，前方
☐	まえ【前】	面前；面對
☐	まえ【前】	剛好的份量
☐	まえ【前】	差，不到，不足
☐	まえ【前】	預先，事先
☐	まがる【曲がる】	（心地，性格等）歪邪，不正
☐	まがる【曲がる】	歪曲，不合道理
☐	まがる【曲がる】	傾斜
☐	まがる【曲がる】	轉彎
☐	まがる【曲がる】	曲折；彎曲
☐	まずい【不味い】	不好吃；難吃
☐	まずい【不味い】	不妙，不合適，不恰當
☐	まずい【不味い】	拙劣；笨拙；不高明，不好
☐	まずい【不味い】	醜，難看
☐	また【又】	又，再，還
☐	また【又】	也，亦
☐	また【又】	另，別，他，改

☐	まだ【未だ】	才，僅，不過
☐	まだ【未だ】	尚，還，未，仍
☐	まち【町】	鎮（地方行政劃分單位）；町（市或區中的小區域）
☐	まつ【待つ】	期待；盼望
☐	まつ【待つ】	等候；等待
☐	まっすぐ【真っ直ぐ】	正直，耿直，坦率，直率
☐	まっすぐ【真っ直ぐ】	直接，一直，照直；中途不繞道
☐	まっすぐ【真っ直ぐ】	筆直，平直，直線的，一點也不彎曲的
☐	マッチ【match】	比賽，競賽
☐	マッチ【match】	火柴，洋火
☐	マッチ【match】	調和，適稱，相稱；般配，諧調
☐	まど【窓】	窗，窗子，窗戶
☐	まるい【丸い・円い】	胖，豐滿
☐	まるい【丸い・円い】	圓的，圓滑；呈曲線，沒有稜角
☐	まるい【丸い・円い】	圓滿，妥善；安祥，和藹
☐	まん【万】	（數量）万
☐	まん【万】	數量多
☐	まんねんひつ【万年筆】	金筆，鋼筆；自來水筆

み

☐	**みがく【磨く】**	使乾淨漂亮；打扮
☐	**みがく【磨く】**	刷（淨）；擦（亮）
☐	**みがく【磨く】**	研磨；琢磨；推敲
☐	**みぎ【右】**	右；右方；上文，前文
☐	**みぎ【右】**	右傾
☐	**みぎ【右】**	勝過；比…強
☐	**みじかい【短い】**	低，矮
☐	**みじかい【短い】**	見識、目光等短淺
☐	**みじかい【短い】**	性急的，急性子的
☐	**みじかい【短い】**	（經過的時間）短少；（距離、長度）短，近，小
☐	**みず【水】**	水；涼水，冷水；液；汁
☐	**みず【水】**	洪水
☐	**みせ【店】**	商店，店舖
☐	**みせる【見せる】**	給…看；讓…看；表示，顯示
☐	**みせる【見せる】**	裝做…樣給人看；假裝
☐	**みち【道】**	方法；手段
☐	**みち【道】**	專門
☐	**みち【道】**	道義；道德
☐	**みち【道】**	道路
☐	**みっか【三日】**	三天
☐	**みっか【三日】**	三號，三日，初三

☐	みっつ【三つ】	三個；三歲
☐	みどり【緑】	綠色，翠綠
☐	みどり【緑】	樹的嫩芽；松樹的嫩葉
☐	みなさん【皆さん】	大家，諸位，各位；先生們，女士們，朋友們，青年們，小朋友們
☐	みなみ【南】	南方
☐	みみ【耳】	耳，耳朵
☐	みみ【耳】	聽覺，聽力
☐	みる【見る】	查看，觀察
☐	みる【見る】	體驗，經驗
☐	みる【見る】	看，瞧，觀看
☐	みる【見る】	照顧
☐	みる【見る】	試試看
☐	みんな	全，都，皆，一切
☐	みんな	全體，大家

む		
☐	むいか【六日】	六日，六天；一日的六倍的天數
☐	むいか【六日】	六號，六日；一個月裡的第六天
☐	むこう【向こう】	另一側，另一邊
☐	むこう【向こう】	那邊，那兒
☐	むこう【向こう】	前面，正面，對面（前方）；正對面

☐	**むこう【向こう】**	從現在起，從今以後，今後
☐	**むこう【向こう】**	對方
☐	**むずかしい【難しい】**	心緒不好，不痛快，不高興
☐	**むずかしい【難しい】**	（病）難以治好，不好治；麻煩，複雜
☐	**むずかしい【難しい】**	愛挑剔，愛提意見，好抱怨；不好對付；脾氣別扭的人
☐	**むずかしい【難しい】**	難解決的，難達成一致的，難備齊的
☐	**むずかしい【難しい】**	難，難懂，費解，艱澀，晦澀；難辦，難解決
☐	**むっつ【六つ】**	六，六個；六歲

	め	
☐	**め【目】**	外表，外觀
☐	**め【目】**	（表示順序）第…
☐	**め【目】**	眼力；識別力；見識
☐	**め【目】**	眼，眼睛；眼珠，眼球
☐	**め【目】**	（網、紡織品、棋盤等的）眼，孔；格，格子
☐	**メートル【（法）mètre】**	公尺，米
☐	**めがね【眼鏡】**	眼鏡

も

☐	もう	已經，已
☐	もう	用以強調感情，加強語氣
☐	もう	再，還，另外
☐	もう	馬上就要，快要
☐	もうす【申す】	說；講，告訴，叫做
☐	もくようび【木曜日】	星期四
☐	もしもし	喂（用於叫住對方）；喂（用於電話中）
☐	もつ【持つ】	有，持有；設有，具有；擁有；納為己有
☐	もつ【持つ】	抱有，懷有
☐	もつ【持つ】	持，拿（用手拿，握在手中）
☐	もつ【持つ】	負擔；擔負，承擔
☐	もつ【持つ】	帶，攜帶，帶在身上
☐	もっと	再稍微，再…一點
☐	もっと	更，更加
☐	もっと	程度再更進一步
☐	もの【物】	物，東西，物品（物質）；事物，事情；…的
☐	もの【物】	…的，所有物
☐	もの【物】	產品（製品）；作品；…做的
☐	もん【門】	門（大砲的計算單位）
☐	もん【門】	門，門前，門外，門口
☐	もん【門】	家族，家庭（家）

☐	もんだい【問題】	引人注目，受世人關注；應為大眾檢討、撻伐的問題
☐	もんだい【問題】	問題，事項；需要處理（研究，討論，解決）的事項（問題）
☐	もんだい【問題】	問題，麻煩事
☐	もんだい【問題】	問題，試題

や		
☐	や【屋】	房屋，房子，房頂，屋脊
☐	や【屋】	表示有某種性格或特徵的人
☐	やおや【八百屋】	菜舖，蔬菜店，蔬菜水果商店；蔬菜商
☐	やさい【野菜】	菜，蔬菜，青菜
☐	やさしい【易しい】	易懂的，簡易的
☐	やさしい【易しい】	容易
☐	やすい【安い】	安心
☐	やすい【安い】	低廉
☐	やすみ【休み】	休息
☐	やすみ【休み】	休假
☐	やすみ【休み】	缺勤
☐	やすみ【休み】	睡覺
☐	やすむ【休む】	休息，中止工作、動作等，使身心得到放鬆
☐	やすむ【休む】	缺勤，缺席
☐	やすむ【休む】	停歇，暫停

☐	**やすむ【休む】**	睡，臥，安歇，就寢
☐	**やっつ【八つ】**	八，八個；八歲
☐	**やま【山】**	山
☐	**やま【山】**	高潮，關鍵，頂點
☐	**やま【山】**	堆，一大堆，堆積如山
☐	**やる**	吃，喝
☐	**やる**	使…去，讓…去；打發；派遣
☐	**やる**	做，幹，進行
☐	**やる**	朝向某處
☐	**やる**	給予

ゆ

☐	**ゆうがた【夕方】**	傍晚，黃昏
☐	**ゆうはん【夕飯】**	晚飯，晚餐，傍晚吃的飯
☐	**ゆうべ【夕べ】**	昨晚，昨夜
☐	**ゆうべ【夕べ】**	傍晚
☐	**ゆうめい【有名】**	有名，著名，聞名
☐	**ゆき【雪】**	雪
☐	**ゆき【雪】**	雪白，潔白
☐	**ゆっくり**	充裕，充分，有餘地
☐	**ゆっくり**	舒適，安靜，安適
☐	**ゆっくり**	慢慢，不著急，安安穩穩

よ

☐	**ようか【八日】**	八天
☐	**ようか【八日】**	（每月的）八日，八號
☐	**ようふく【洋服】**	西服，西裝
☐	**よく**	表達困難的情況下也完成了，竟然
☐	**よく**	常常地；動不動就，頻率高
☐	**よく**	善於，做得好；仔細；充分地；熱情地；好好地，很好地
☐	**よこ【横】**	歪；斜
☐	**よこ【横】**	旁邊
☐	**よこ【横】**	躺下；橫臥
☐	**よこ【横】**	橫；顏面
☐	**よっか【四日】**	四天
☐	**よっか【四日】**	（每月的）四日，四號
☐	**よっつ【四つ】**	四，四個；四歲
☐	**よぶ【呼ぶ】**	吸引，引起
☐	**よぶ【呼ぶ】**	招呼，呼喚，呼喊；叫來，喚來
☐	**よぶ【呼ぶ】**	招待，邀請
☐	**よむ【読む】**	念，讀；誦，朗讀
☐	**よむ【読む】**	看，閱讀
☐	**よむ【読む】**	數；計算；圍棋、將棋賽中，思考下一步的路數
☐	**よむ【読む】**	體察，忖度，揣摩，理解，看懂
☐	**よる【夜】**	夜，夜間

☐	**よわい【弱い】**	不擅長，搞不好；經不起
☐	**よわい【弱い】**	弱；軟弱；淺
☐	**よわい【弱い】**	脆弱，不結實，不耐久
☐	**よん【四】**	四（數字）

ら

☐	**らいげつ【来月】**	下月，下個月，這個月的下一個月
☐	**らいしゅう【来週】**	下週，下星期
☐	**らいねん【来年】**	明年，來年
☐	**ラジオ【radio】**	廣播，無線電，無線電收音機

り

☐	**りっぱ【立派】**	壯麗，宏偉，盛大；莊嚴，堂堂
☐	**りっぱ【立派】**	高雅，高尚，崇高
☐	**りっぱ【立派】**	漂亮，美觀，美麗，華麗
☐	**りっぱ【立派】**	優秀，出色，傑出，卓越
☐	**りゅうがくせい【留学生】**	留學生
☐	**りょうしん【両親】**	雙親，父母
☐	**りょうり【料理】**	料理，處理
☐	**りょうり【料理】**	烹調，烹飪
☐	**りょこう【旅行】**	旅行，旅遊，遊歷

れ

☐	れい【零】	零（數字）
☐	れいぞうこ【冷蔵庫】	冰箱，冷庫，冷藏室
☐	レコード【record】	成績，記錄；最高記錄
☐	レコード【record】	唱片
☐	レストラン【(法) restaurant】	餐廳，西餐館
☐	れんしゅう【練習】	練習，反覆學習

ろ

☐	ろく【六】	六，六個

わ

☐	ワイシャツ【whiteshirt】	襯衫，西服襯衫
☐	わかい【若い】	幼稚；未成熟；不夠老練
☐	わかい【若い】	（年紀）小，年齡、數字很小
☐	わかい【若い】	年輕
☐	わかい【若い】	血氣方剛、朝氣蓬勃的樣子
☐	わかる【分かる】	知道，清楚
☐	わかる【分かる】	理解，懂得

☐	わかる【分かる】	通情達理，通曉世故
☐	わすれる【忘れる】	忘掉；忘卻，忘懷
☐	わすれる【忘れる】	遺忘，遺失
☐	わたす【渡す】	交，付；給，交給；交付
☐	わたす【渡す】	架，搭
☐	わたす【渡す】	渡，送過河
☐	わたす【渡す】	遍及
☐	わたる【渡る】	到手，歸…所有
☐	わたる【渡る】	渡世，過日子
☐	わたる【渡る】	渡，過
☐	わたる【渡る】	遷徙
☐	わるい【悪い】	不好意思，對不住
☐	わるい【悪い】	不佳，不舒暢，無法有好感；不適合，不方便；壞，腐敗
☐	わるい【悪い】	環，不好；惡性；惡劣；有害；不吉利，不吉祥

索引 ・さくいん・
index

あ

い

か

き

く

け

す

せ

日檢記憶館01

絕對合格！關鍵字
日檢 **得高分** 祕笈　類語單字　**N5**

[25K ＋MP3]

■ 發行人／**林德勝**

■ 著者／**吉松由美、田中陽子、西村惠子、山田社日檢題庫小組**

■ 出版發行／**山田社文化事業有限公司**
地址　臺北市大安區安和路一段112巷17號7樓
電話　02-2755-7622
傳真　02-2700-1887

■ 郵政劃撥／**19867160號　大原文化事業有限公司**

■ 總經銷／**聯合發行股份有限公司**
地址　新北市新店區寶橋路235巷6弄6號2樓
電話　02-2917-8022
傳真　02-2915-6275

■ 印刷／**上鎰數位科技印刷有限公司**

■ 法律顧問／**林長振法律事務所　林長振律師**

■ 書＋MP3／**定價　新台幣320元**

■ 初版／**2020年12月**

ISBN：978-986-246-593-6
© 2020, Shan Tian She Culture Co. , Ltd.